William Trevor

Mein Haus in Umbrien

William Trevor

Mein Haus in Umbrien

Roman

Aus dem Englischen übersetzt
von Thomas Gunkel

Rotbuch Verlag

Die Übersetzung wurde gefördert durch Ireland Literature Exchange/Idirmhalartán Litríocht Éireann, Dublin, Irland.

Für die Übertragung der Anfangszeile von Shakespeares Sonett Nr. XVIII bedankt sich der Übersetzer bei Christa Schuenke, Berlin.

Die Deutsche Bibliothek - CIP-Einheitsaufnahme

Trevor, William:
Mein Haus in Umbrien : Roman / William Trevor.
Aus dem Engl. von Thomas Gunkel. -
Hamburg : Rotbuch Verlag 1996
Einheitssacht.: My House in Umbria <dt.>
ISBN 3-88022-483-8

1. Auflage 1996

Originaltitel: My House in Umbria
zuerst erschienen bei Viking, London

Umschlaggestaltung: MetaDesign, Berlin,
unter Verwendung eines Fotos von Werner Richner
Herstellung: Das Herstellungsbüro, Hamburg
Satz: H & G Herstellung, Hamburg
Druck und Bindung: Clausen & Bosse, Leck
Printed in Germany

ISBN 3-88022-483-8

I

Mich vorzustellen ist keine leichte Aufgabe. Gloria Grey, Janine Ann Johns, Cora Lamore: Ich habe die Wahl, und es hat auch noch andere Namen gegeben. Ich denke, Namen spielen keine große Rolle; vielleicht genügt es zu sagen, daß Emily Delahunty mir am besten gefällt. »Mrs. Delahunty«, sagen die Leute, obwohl ich genaugenommen nie verheiratet war. Man redet mich aus Respekt vor meinem Auftreten und meinem Alter so an; und Quinty – der mich öfter anredet als jeder andere – sagte einmal, als ich ihn in dieser Angelegenheit befragte: »›Miss Delahunty‹ paßt nicht zu Ihnen.«

Ich will ganz offen sein, ich bin keine Frau von Welt; ich bin nicht gebildet; was ich weiß, habe ich mir selbst beigebracht. Gerüchte und Spekulationen – selbst glatte Lügen – hat es im Überfluß gegeben, seit ich sechzehn Jahre alt war. Das ist im Leben eines Menschen unvermeidlich, aber ich glaube, daß ich mehr als die meisten Leute durchgemacht habe, und ich nutze diese Gelegenheit, um einiges klarzustellen. Erstens war ich in der Zeit, als ich noch nicht so wohlhabend war, als Stewardeß auf der S.S. *Hamburg*, sonst nichts. Zweitens ist es ein bösartiges Lügenmärchen, ich hätte während des Skandals in der Oleander Avenue Schweigegeld genommen. Drittens war Mrs. Chubbs tot und sogar schon beerdigt, bevor ich ihren Mann kennenlernte. Andererseits leugne ich nicht, daß Männer mir Geschenke gemacht haben, die ich wohl alle angenommen habe. Auch leugne ich nicht, daß ich mich mit Bedauern meiner Jahre in Afrika erinnere. Unzufriedenheit erzeugt Verwirrung und Mißverständnisse. Ich war alles andere als glücklich in Ombubu, im Café Rose.

In dem Sommer, über den ich jetzt schreibe, war ich in meinem sechsundfünfzigsten Jahr – eine Frau, die sorgfältig zurechtgemacht war, mit grünlich-blauen Augen. Damals war mein Haar, genau wie jetzt, so hell wie Sand, so glatt wie eine Muschelschale, und die schlichte Frisur betonte meine runde Gesichtsform. Mein Mund ist eine Rosenknospe, meine Nase klassisch; meinen Teint hat man immer bewundert. Natürlich hatte ich in jenem Sommer schon Lachfältchen, aber meine Haut, obschon nicht mehr die eines jungen Mädchens, hatte sich gut gehalten, und meine Stimme hatte noch nicht den rauchigen, tiefen Tonfall angenommen, der einer Frau die Weiblichkeit raubt. In Italien drehten sich fremde Männer immer noch nach mir um, wenn auch nicht mit der gleichen Begeisterung wie Männer an anderen Orten, an denen ich einst gelebt habe. Ich war, um die Wahrheit zu sagen, ziemlich mollig geworden, aber ich konnte mich nie dazu durchringen, das bei meiner Kleidung zu berücksichtigen, obwohl ich das hätte tun sollen: Ich kann einem leisen Hauch von Dramatik in meiner Kleidung nicht widerstehen – jedoch keine leuchtenden Farben, die verabscheue ich. »Ich kenne kein Mädchen, das sich so hübsch anzieht«, sagte immer ein Mann, der im Vorstand eines Teppichgeschäfts saß, und meine Neigung, ein oder zwei Pfund zu viel zu haben, blieb nicht ohne Bewunderer. Mrs. Chubbs war ihrem Mann zufolge nur Haut und Knochen gewesen, was zunächst einmal – so habe ich immer vermutet – der Grund dafür war, daß ich ihm gefiel.

Nachdem Sie bis hierhin gelesen haben, werden Sie wahrscheinlich überrascht sein zu erfahren, daß ich eine Frau bin, die gewohnt ist zu beten. Als Kind ging ich zur Sonntagsschule und hatte ein Bild von Jesus auf einem Esel über meinem Bett hängen. Im Café Rose in Ombubu weckte ich bei Poor Boy Abraham das Interesse daran, ebenfalls zu beten, der einzige Mensch, den ich jemals dahingehend beeinflußt habe. »Dieser Junge ist zurückgeblieben«, sagte Quinty immer auf seine scherzhafte Art, egal, ob der Junge in Hörweite war oder nicht. So ist Quinty, wie Sie noch feststellen werden.

Ich bin die Autorin einer Reihe von Liebesromanen, die ich in meinen mittleren Lebensjahren nach meiner Ankunft in diesem Haus verfaßt habe. Ich bin auf diesem Gebiet nicht mehr tätig und habe mir niemals angemaßt, mich in die Welt der Literatur einzumischen – obwohl ich, um der Wahrheit die Ehre zu geben, einräumen muß, daß meine anspruchslosen Werke die Gefühlsverwirrungen, von denen sie handeln, mit einigem Erfolg durchleuchten. Daß sie Freude bereitet haben, wird mir von denen versichert, die so nett sind, mir zum Dank zu schreiben. Sie haben geholfen; sie haben als Zeitvertreib gedient. Ich kann aufrichtig behaupten, daß ich mehr nicht beabsichtigt habe, und ich glaube, Sie werden feststellen, daß ich eine aufrichtige Frau bin.

Aber fangen wir ganz am Anfang an. Ich wurde auf der oberen Treppe einer Pension in einem englischen Seebad geboren. Mein Vater war der Besitzer einer »Todeskurve«; meine Mutter, die mit ihm durchs Land zog, beteiligte sich an der Darbietung, stand aufrecht auf dem Soziussitz seines Motorrads, während er damit über den wackligen Rundkurs raste. Ich habe keinen von beiden gekannt. Dem einzigen Bericht zufolge, den ich habe – dem von Mrs. Trice, die ihn wiederum von der Pensionswirtin hatte –, war meine Mutter auf dem Weg zur Toilette im ersten Stock, als sie sich das Kind einfing, wenn Sie die Formulierung verzeihen. Innerhalb weniger Minuten war auf der Treppe das Schreien eines Säuglings zu hören. »Das war ein Rückschlag«, erklärte Mrs. Trice und verriet weiter, daß meine Eltern sich ihrer Meinung nach auf den fortgesetzten Auftritt meiner Mutter auf dem Soziussitz des Motorrads verlassen hätten, um »das Kind zu schaukeln«. Damit meinte sie deren Hoffnung, daß ich eine Totgeburt würde, denn alle Abtreibungsversuche waren gescheitert. Da ich am Leben geblieben war, traf man die Vereinbarung mit Mr. und Mrs. Trice, Prince Albert Street 21, in selbigem Seebad.

Sie waren ein kinderloses Paar, das vor langer Zeit die Hoffnung auf ein Kind aufgegeben hatte: Sie zahlten für den unerwünschten Säugling, und man handelte aus, daß die biologischen Eltern damit auf alle Rechte verzichteten und niemals versuchen würden, ihn in der Prince Albert Street 21 zu besuchen. Obwohl niemand die Notwendigkeit besser versteht als ich, die jene Leute mit der »Todeskurve« dazu gezwungen hat, so zu handeln, fürchte ich mich bis auf den heutigen Tag davor, verlassen zu werden, und habe dieses Thema in meinen Romanen instinktiv gemieden. Die Mädchen in meinen Liebesromanen werden nie von Liebhabern verlassen, die ihnen das genommen haben, was sie haben wollten. Mütter wenden sich nicht von kleinen Kindern ab. Ehefrauen flehen ihre Männer nicht jämmerlich an oder betrügen sie aus Verbitterung. Die düstere Seite der Dinge spricht mich nicht an; meine Werke laufen immer auf ein glückliches Ende zu.

Quinty ist meine Herkunft bekannt, denn vor ihm kann man nichts geheimhalten. In Afrika wußte er, daß ich Geld angehäuft hatte, wahrscheinlich auch wieviel. 1978, als wir einander in Ombubu schon einige Zeit kannten, war er es, der vorschlug, daß ich ein Haus in Umbrien kaufen sollte, das er für mich als inoffizielles Hotel führen würde – ganz anders als das Café Rose. Er bedrängte mich wiederholt mit dieser Idee und ermüdete mich mit seinem stählernen Blick. Ich hatte genug Geld zusammen; keiner von uns beiden brauchte dort zu bleiben, wo wir waren. Das sagte sein Blick. Wir konnten beide Schweigen gegen Schweigen in einer anderen Art von Haus eintauschen. Er ist eben halb Kind und halb Schurke.

Quinty wurde in Skibbereen in Irland geboren, vor etwa zweiundvierzig Jahren. Er ist dürr, mit leichtem Schritt und hagerem Gesicht. Von den Augenwinkeln laufen zwei lange Falten wie Fäden seine Wangen herunter. Als ich ihn in Ombubu gerade kennengelernt hatte, sah er zwielichtig und ungesund aus. »Es ist ein Kranker da«, rief Poor Boy Abraham aufgeregt, weil ein Fremder im Café eingetroffen war. Ich habe nie erfahren, wo aus Afrika Quinty gekommen war oder was ihn überhaupt auf diesen Erdteil verschlagen hatte. Aber später hörte ich, wie es in einem Grenzort wie Ombubu eben geschieht, daß er mehrere Jahre zuvor die Tochter einer wohlhabenden italienischen Familie, die er zufällig getroffen hatte, als sie Au-pair-Mädchen in London war, mit einem Trick dazu gebracht hatte, ihn zu heiraten. Sie lief ihm davon, als sie herausfand, daß er *nicht* Leiter einer Fabrik für Fleischextrakt war, wie er behauptet hatte, und daß er seine Kleider bei D. H. Evans stahl. Er folgte ihr nach Modena, belästigte sie und drohte ihr, bis ihr Vater und zwei ihrer Brüder ihn eines Nachts ein kurzes Stück in Richtung Parma fuhren, ihn auf den grasbewachsenen Seitenstreifen hinausstießen und dort liegen ließen. Er machte keinen Versuch zurückzukehren, aber so war er nach Italien gekommen und hatte die Sprache gelernt. Als er Umbrien mir gegenüber das erste Mal erwähnte, hatte ich keine Ahnung, wo das lag; ich glaube, daß ich nicht einmal davon gehört hatte. »Geben Sie mir nur ein bißchen Geld«, bat er an einem schwülen Nachmittag in Ombubu. »Genug für die Reise und um mich dann umzusehen.« Afrika sei für mich fade geworden, sagte er, was feinfühlig ausgedrückt war; die Stammkundschaft im Café Rose hatte sich seit Jahren nicht geändert. Mit anderen Worten, der Ort war für uns beide todlangweilig.

Er sang ein Loblied auf Italien; ich lauschte Schilderungen der umbrischen Landschaft und ihrer Bergstädte, der Jahreszeiten mit ihren unterschiedlichen Nahrungsmitteln und Weinen. Quinty kann einen gut überreden, und ich war nur zu froh einzugestehen, daß eine Zeit in meinem Leben zu Ende gegangen war. Ich muß gerechterweise sagen, daß er während dieser Zeit zumeist eine gewisse Rolle gespielt hat, und das muß ich ihm hoch anrechnen. Als er das Thema Italien zur Sprache brachte, tat ich das Einfachste: Ich gab ihm das Geld in dem Glauben, ihn nie wiederzusehen. Aber vierzehn Tage später kehrte er zurück und breitete Fotos von Umbrien und von

Landhäusern aus, die zum Verkauf standen. »Niemand würde gern im Café Rose sterben«, bemerkte er, eine Ansicht, der ich nur beipflichten konnte. Von einem Haus war er besonders angetan.

Stellen Sie sich ein gelbliches Gebäude am Ende eines Weges vor, der stellenweise einem Flußbett gleicht. Dieser Weg, aus weißem Staub, sofern der Regen ihn nicht dunkel gefärbt hat, ist zweihundert Meter lang und schlängelt sich durch eine Landschaft voller Olivenbäume und Zypressen. Im Sommer bedecken Ginster und Goldregen die kleebestandenen Hänge, Mohn und Geranien sprenkeln die Wiesen. Hinter dem Haus steigt der Hügel weiter sanft an, und dort ist ein Feld mit Sonnenblumen. Der große Lago Trasimeno liegt direkt vor unserer Tür; nur dreißig Kilometer südlich gibt es in Chiusi einen Eisenbahnknotenpunkt, der günstig gelegen ist; und in derselben Gegend gibt es ein Heilbad in Chianciano. Auf Quintys Fotos von dem Haus waren noch Nebengebäude und verrostete Maschinen zu sehen, aber all das hat sich inzwischen verändert.

Die Fensterläden des Hauses sind von einem ausgeblichenen Grün, und auch die Eingangstüren – tagsüber immer offen – sind grün. Weitere Türen – Glas mit dekorativer Metallrahmung – trennen die äußere Diele von der inneren, und die Fußböden der beiden sowie die im Eßzimmer und im Wohnzimmer – das von Quinty *Salotto* genannt wird – sind mit Fliesen im Farbton heller Terrakotta ausgelegt. Oben, zu beiden Seiten zweier langer, kühler Korridore, liegen kleine und schlichte Schlafzimmer, die Mönchszellen ähneln. Alle sind mit cremefarbener Tempera gestrichen, haben innen Fensterläden statt

Vorhänge, und in jedem gibt es eine Frisierkommode, einen Kleiderschrank und ein Bett sowie über jedem Waschbecken die Reproduktion einer anderen Verkündigungsszene. Die einzigen Luxusgegenstände in meinem Haus sind die antiken Möbel in den Zimmern im Erdgeschoß und in der inneren Diele: bestickte Sofas, helle Sessel und Tische, Schreibtische mit Einlegearbeiten, Fußbänke, Bücherschränke mit Glasfront, die Kronleuchter im Eßzimmer.

Wenn Touristen zu meinem Haus kommen, ziehen sie an der Klingelschnur, dann erklingt der Ton in der äußeren Diele. Daraufhin öffnet Quinty in seinem enganliegenden weißen Jackett. »Bitte?« sagt er auf englisch, denn eine seiner Schrullen ist, Fremden gegenüber nicht sofort italienisch zu sprechen. »Womit kann ich dienen?« Und dann kramen die Touristen so viel Englisch zusammen, wie sie können, wenn es nicht zufällig ihre Muttersprache ist.

Quinty nimmt immer nur eine Handvoll Reisende auf einmal auf, Leute, die in den Hotels der Stadt, die fünf Kilometer entfernt liegt, kein Zimmer mehr bekommen haben. Eine kleine Frau mittleren Alters namens Signora Bardini, immer ganz in Schwarz gekleidet, ist als Köchin angestellt. Und Quinty hat Rosa Crevelli entdeckt, ein langbeiniges, dunkelhäutiges Mädchen, das ihm im Eßzimmer zur Hand geht. Er gibt uns vor unseren Gästen als Privathaushalt aus, der in keiner Weise gewerbliche Zwecke verfolgt. Von Anfang an war mein Haus weder als *Albergo* noch als *Pensione*, weder als Restaurant mit Zimmern noch als Hotel bekannt. »Recht so?« fragte er.

Da es Gewinn brachte, war es Quinty recht, aber, aus

anderen Gründen, auch mir. Ich habe einmal irgendwo einen gemalten Fries gesehen, der im Innern einer Kirche an den Wänden entlanglief – Leute, die in altmodischer Kleidung einherschritten auf ihrem Weg zum Himmel oder zur Hölle, ich weiß nicht genau, wohin. Im Laufe der Jahre sind mir die Touristen, die in mein Haus gekommen sind, so in Erinnerung geblieben. Ich sehe ihre Gesichter und höre manchmal sogar noch ihre Stimmen: großgewachsene Niederländer, die eleganten Franzosen, Deutsche, die Gefäße mit ihrem Frühstück darin bei sich hatten, Amerikaner, die sich über die einfachsten Dinge wie Kinder freuten, englische Paare, die an Verdauungsbeschwerden litten. Man las manches Kapitel in Büchern, schrieb Ansichtskarten, spielte an den Abenden Bridge, malte sogar auf der Terrasse Bilder. Ich habe keine großen Schwierigkeiten gehabt, mein Geld zu bekommen, auch hat es niemals Beschwerden über die Schlafzimmer oder das Essen gegeben. Quinty gab Rosa Crevelli Englischunterricht und fing insgeheim etwas mit ihr an, aber ich stellte keine Fragen. Statt dessen brachte ich mir innerhalb eines Monats, nachdem wir uns in diesem Haus niedergelassen hatten, das Maschineschreiben bei.

All das begann neun Jahre vor dem Sommer, von dem ich erzähle – die neun Jahre, in denen ich die Vergangenheit hinter mir ließ, während ein Titel dem anderen folgte: *Glück im September, Flucht ins Paradies, Für immer und ewig, Ich schenk dir mein Herz* und viele andere. Ich hatte das Haus mit meinen Ersparnissen gekauft; jetzt hatte ich – nach anfänglichen Schwierigkeiten – ein Vermögen. Eines Tages würde Quinty als reicher Mann aufwachen, doch er konnte unmöglich vorhergesehen haben, was hier geschehen würde: daß ich mich in meinem Arbeitszimmer hinsetzen und Liebesromane verfassen würde. Soweit Quinty wußte, gab es in meinem Leben nichts, was auf solch eine Entwicklung hindeutete; ich gehörte nicht zu diesem Typ Frauen. Um ehrlich zu sein, ich wäre wohl selbst schwerlich darauf gekommen. Als Herrin eines Landhauses in idyllischer Umgebung würde ich mittels des Tourismus den Lebensunterhalt für uns beide verdienen, wie ich es in einer anderen Rolle bereits in Afrika getan hatte. So sah Quinty die Zukunft, und soweit hatte er natürlich recht. Wenn es um Geld geht, ist er ein schlauer Fuchs, denn darum dreht sich sein ganzes Leben.

Abgesehen von den Touristen bekommen wir selten Besuch: ein Beamter der Steuerbehörde oder Möchtegerndiebe, die unter irgendeinem Vorwand kommen, um sich das Haus anzusehen, ein Vertreter für Düngemittel, der nach dem Weg zu einem nahegelegenen Bauernhof fragt. Seit dem Sommer 1987, der für mich bis heute der Sommer des Generals, Otmars und des Kindes geblieben ist und an den ich mich so lebhaft wie an keine andere Jahreszeit in meinem ganzen Leben erinnere, ist nichts mehr wie vorher. In diesem Sommer und in den Sommern danach nahmen wir keine Touristen auf. Und doch hätte Quinty, wenn Ihnen aus irgendeinem Grund in diesem Sommer Zutritt gewährt worden wäre, Sie durch die äußere und die innere Diele in den *Salotto* geführt, um dort auf mich zu warten. Je nach Tageszeit hätte der General vermutlich seine englische Zeitung in der Kühle des Schattens gelesen, das Kind wäre in eine seiner Zeichnungen vertieft gewesen, und Otmar hätte mit seinen ihm noch gebliebenen Fingern lautlos auf irgend etwas herumgetrommelt. In jenem Sommer stellte ich mir manches Mal vor, wie eine Stimme sagte: »Ich bin wegen Otmar gekommen« oder: »Ich höre, Sie beherbergen hier einen alten Herrn aus England« oder: »Packen Sie die Habseligkeiten des Kindes zusammen«. Manches Mal stellte ich mir das Auto vor, das vorgefahren war, und den Staub, den seine Räder aufgewirbelt hatten. Ich stellte mir eine kleine Gruppe von Beamten vor unseren Eingangstüren vor, von denen einer sich eine Zigarette anzündete, damit die Zeit verging, und den Stummel später auf den Kies warf. Tatsächlich war es ganz und gar nicht so. Alles, was geschah, war, daß Thomas Riversmith kam.

In jenem Sommer war das Kind acht Jahre alt, Otmar siebenundzwanzig, der General ein älterer Herr. Sie waren drei Menschen, die allein waren, genau wie ich. »Herzensfreund« ist ein Ausdruck, den ich in *Zwei im siebten Himmel* mit gewissem Erfolg verwendet habe, und die Tatsache, daß er mir nicht aus dem Kopf geht, so lange nachdem der letzte Absatz dieses Werkes vollendet wurde, ist für mich persönlich vielleicht von Bedeutung. Ich war immer die erste, die zugegeben hat, daß wir auf dieser Welt ewige Bettler sind – und doch ist auch wahr, daß man uns nicht für alle Zeiten Almosen verweigert. Als ich mich in der Obhut von Mr. und Mrs. Trice befand, sehnte ich mich nach einem Cowboy, der von der Leinwand des alten Gaiety-Kinos herabsteigt, mich auf seinen Sattel zieht und aus der Prince Albert Street 21 wegzaubert. Als ich ein junges Mädchen war und in einer Speisegaststätte Büroangestellte bediente, sehnte ich mich danach, daß ein junger Mann aus guter Familie auf der Straße mit seinem Wagen neben mir hält. Als ich eine erwachsene Frau war, sehnte ich mich danach, daß ein außergewöhnlicher Fremder im Café Rose auftaucht. In jenem Sommer in Umbrien hatte ich schon seit langem die Hoffnung aufgegeben. In meinem sechsundfünfzigsten Jahr hatte ich mich mit all dem abgefunden. Meine Geschichten waren mir eine Hilfe, ich weiß nicht, warum ich das leugnen sollte.

Der Winter und der Frühling vor jenem Sommer waren ruhig gewesen. Von Zeit zu Zeit waren Bündel von Fanpost eingetroffen, die mir der englische Verlag zuschickte. Ich hatte Einladungen erhalten, an irgendwelchen Treffen teilzunehmen – ich erinnere mich vor allem an einen Namen, der mir aufgefallen war, an ein »Festival des Liebesromans« in irgendeinem Land hinter dem Eisernen Vorhang. Ich habe nie an solchen Veranstaltungen teilgenommen und immer höflich abgesagt. Ein Mann schrieb mir aus Neuseeland und wies darauf hin, daß er denselben Nachnamen wie eine meiner Figuren habe – ein ungewöhnlicher Name, wie er meinte, und das stimmte tatsächlich: Ich dachte, ich hätte ihn erfunden. Eine Schülerin aus Stockton-on-Tees schüttete ihr Herz aus, was bei Schülerinnen öfter vorkommt. Ein älterer Mensch rügte mich wegen einer historischen Nachlässigkeit, die zu geringfügig war, um eine Rolle zu spielen.

Im Januar starb ein Haustier. Vor Jahren hatte sich eines Tages eine lahme Siamkatze aufs Grundstück verirrt, ein mitleiderregendes Geschöpf, nur Haut und Knochen. Signora Bardini nahm sich ihrer an. Sie nannte sie Tata und hängte ihr eine Kette mit einem Glöckchen um den Hals, so daß ein leises Bimmeln für mein Haus charakteristisch wurde. Wir sahen dabei zu, wie sie ihre Gesundheit wiedererlangte, wie sie wieder ein seidiges Fell bekam und ihre Zufriedenheit zurückkehrte. Aber Tata war niemals jung und lebhaft: Wir wußten von Anfang an, daß sie uns nur das geben konnte, was von einem größtenteils verbrauchten Leben noch übrig war. Sie wurde in Würde alt, was, wie ich glaube, für jedes Geschöpf schön ist, egal ob Mensch oder Tier. Signora Bardini stellte eine kleine Holzlatte auf, wie das ihre Art ist.

Signora Bardini ist Witwe und hat keine Kinder. Als ihr Mann, ein gelernter Zimmermann, 1975 starb, brauchte sie anscheinend einige Zeit, um mit ihrer Einsamkeit zurechtzukommen. Obwohl sie kein Englisch spricht, glaube ich, daß sie erst wieder glücklich geworden ist, als sie die Arbeit in meinem Haus angetreten hat. Ihr Leben hier könnte vollkommen sein, wenn Quinty nicht wäre, gegen den sie vom ersten Augenblick an eine stille Abneigung zeigte. Selbstverständlich kümmert sie sich weder um sein Verhältnis mit Rosa Crevelli noch um seine Pfennigfuchserei in Haushaltsangelegenheiten. Aber Signora Bardini ist und war nie jemand, der um irgend etwas ein Aufheben macht.

Das war damals, am Anfang des Sommers, über den ich schreibe, der Stand der Dinge. Das Haus roch leicht nach Farbe, denn es war vor kurzem neu gestrichen worden. »Wir müssen unbedingt einen Garten anlegen«, hatte ich in jenem Winter und Frühling wiederholt gesagt, in erster Linie mir selbst. »Es ist absurd, daß ein Haus wie das hier keinen Garten hat.« Das ging mir eine Weile durch den Kopf, wie schon seit Jahren. Als ich einmal im April durch einen Bahnhof hier in Italien gefahren war, waren mir die vielen Blumentöpfe mit Azaleen aufgefallen. Damals hatte ich den Namen dieser Blume nicht gekannt, aber später beschrieb ich sie Quinty, der ihn für mich herausfand. Seitdem wollte ich gern einen Azaleengarten haben und Rasen, wie ich ihn aus England in Erinnerung hatte, und kleine, von Gartennelken gesäumte Blumenbeete.

Sie denken vielleicht, daß ich Glück hatte, daß mir nur ein Garten und ein guter Freund fehlten, und natürlich haben Sie damit recht. Ich konnte und kann mich wirklich glücklich schätzen. Nicht vielen von uns stehen die Mittel zur Verfügung, die man benötigt, um in den Besitz eines solchen Hauses zu gelangen, um wählen zu können, so wie ich es kann, ohne auf die Kosten achten zu müssen. Nicht viele kommen durch Winter und Frühling und haben nur den Tod einer lahmen Katze zu beklagen. In den Augen der Touristen, die hierherkamen, war ich eine Engländerin, der es gutging und um die sich ihre Bediensteten gut kümmerten. Quinty kam ihnen zweifelsohne exzentrisch, wenn nicht bizarr vor. Erstens einmal hat er die Gewohnheit, anderen Leuten willkürlich eine bestimmte fixe Idee zuzuschreiben, um sich dann selbst darüber auszulassen. Aus Enzyklopädien und Zeitungen hat er sich eine Fülle von Informationen zu vielen Themen angeeignet – königliche Familien, die Eisenzeit, Abwassersysteme, Geschwindigkeitsrekorde, die Initiationsriten blinder Amazonasstämme. Zigmal habe ich gehört, wie er vor irgendeinem bedauernswerten Touristen über die Geschichte der japanischen Eisenbahn oder die Natur des Schakals palaverte. »Man hat einen Zwieback nach Giuseppe Garibaldi benannt«, hat er einmal jemandem in der Diele meines Hauses anvertraut, »und einen anderen nach der Stadt Bath. Der allererste Zwieback hieß Hardtack und mußte mit einem Hammer zerkleinert werden.« In jenem

Sommer lehnte er ständig voll unbeschwerter Geselligkeit an einer Säule im *Salotto*, um mit dem General ein einseitiges Gespräch über Sport zu führen. Als Mr. Riversmith eintraf, war er von einem großen Interesse an weiblichen Heiligen erfüllt, obwohl es kaum klarer auf der Hand liegen konnte, daß Mr. Riversmiths Spezialgebiet Ameisen waren.

Andererseits kann Quinty so unzuverlässig sein, daß er nicht mehr vertrauenswürdig ist. Eines Tages im April jenes Jahres beleidigte Rosa Crevelli mich auf italienisch und kräuselte verächtlich ihre schöne Unterlippe, während sie irgend etwas vor sich hin murmelte. Quinty bekam das mit, maßregelte sie aber nicht. Zum ersten Mal mußte er, wie ich erkannte, die unausgesprochene Vereinbarung verletzt haben, die zwischen uns bestand, seit wir das Café Rose verlassen hatten: Er hatte diesem Mädchen von früher erzählt.

Später warf ich ihm diesen Verrat vor. Zuerst lachte er, aber dann wandte er sich ab, und als er mir wieder ins Gesicht sah, waren seine Wangen feucht von Tränen. »Wie können Sie so eine Anschuldigung aussprechen?« flüsterte er mit brüchiger Stimme und redete so lange weiter – wobei er Loyalität und Ergebenheit bekundete, behauptete, daß er und das Mädchen ihr Leben für mich geben würden, und beteuerte, daß sie an keinem anderen Ort auf der Welt als in meinem Haus zu sein wünschten –, bis ich ihm vergab. »Ich hab Ihnen einen schönen G and T eingeschenkt«, sagte er mit einem Lächeln, als er mich an jenem Abend im *Salotto* ausfindig machte. Als ich Rosa Crevelli das nächste Mal begegnete, machte sie einen Knicks.

Natürlich konnte ich mir nicht sicher sein: Vielleicht

kicherten sie heimlich über mich, wer weiß das schon? Daß ich dazu neige, jemanden im Zweifelsfall für unschuldig zu erklären, ist entweder eine Schwäche oder eine Stärke, aber wie dem auch sei, ich erhebe jedenfalls nicht den Anspruch, daß es eine Tugend ist. In Wahrheit nehme ich aus gutem Grund nur sehr wenig für mich in Anspruch: Mit mir ist es nicht weit her, und ich bin die erste, die das zugibt. Auch berufe ich mich für jenen Sommer auf nichts Mystisches, es war weder die Anwesenheit von Engeln spürbar, noch waren Stimmen zu hören. An dem Kind war nichts Außergewöhnliches, und ich glaube, an den anderen auch nicht. Und doch bin ich der Meinung, niemand könnte bestreiten, daß es ein einzigartiger Sommer war und eine Erfahrung, die nicht jeder macht.

Am Morgen des 5. Mai verließ ich mein Haus in einem Kostüm mit schmalen schwarzweißen Streifen, Handtasche und Schuhen, die dazu paßten, um nach Mailand zu fahren. Quinty fuhr mich zum Bahnhof und gab mir auf dem Bahnsteig meine Fahrkarte. Trotz meiner begrenzten italienischen Sprachkenntnisse bin ich ganz gut in der Lage, allein zu reisen. Ich erkenne die vertraute Redewendung wieder, wenn der Schaffner meine Fahrkarte sehen will. Bei Rinascente und all den anderen Geschäften kaufe ich mit Erfolg ein, und im Grand Hotel Duomo, wo ich immer absteige, spricht man hervorragend englisch. Ich freue mich darauf, Kleider und Schuhe einkaufen zu gehen, nehme mir Zeit bei meiner Wahl, verlasse den Laden, um es mir noch einmal zu überlegen, kehre zwei- oder dreimal zurück: All das liebe ich.

An jenem Tag hielt sich niemand in meinem Haus auf;

seit dem Saisonende im letzten Jahr hatten die Hotels keine Touristen mehr geschickt, und wir rechneten auch vor Mitte Juni mit niemandem. Nicht, daß meine Anwesenheit jemals notwendig wäre, wenn Gäste eintreffen, aber ich heiße sie trotzdem gern willkommen. Dann sitzen wir im Eßzimmer um einen runden Tisch, und wenn sie Englisch können, unterhalten wir uns über dies und das, über Orte, die sie besucht haben, über Reiseerfahrungen. Wenn Englisch meinen Gästen schwerfällt, sprechen sie in ihrer jeweiligen Landessprache, ohne daß ich es ihnen übelnehme. Nie sitzen mehr als fünf Personen in meinem Eßzimmer oder an dem Tisch auf der Terrasse, wenn wir uns entscheiden, draußen zu essen.

Im Zug stellte ich mir vor, wie Quinty vom Bahnhof zum Einkaufen in die Stadt fährt und der große graue Wagen mit offenem Verdeck im Schatten der Kastanien neben der Kirche steht. Er würde einen Kaffee trinken gehen und dann zum Haus zurückkehren, wo er, Signora Bardini und Rosa Crevelli in der Küche zu Mittag essen würden. Ich stellte sie mir dort vor, wie sie alle drei um den Tisch herum saßen und Quinty für Rosa Crevelli neue englische Wörter und Redewendungen wiederholte. Ich fragte mich, ob er auch Signora Bardini von früher erzählt hatte. Entschlossen schob ich all das beiseite, und dann beschäftigte mich ein Titel, der mir am Bahnhof in den Sinn gekommen war. *Ein Meer von Tränen.* Bis jetzt war das alles, was ich hatte. Eine Heldin war mir noch nicht eingefallen: Ich hatte nicht einmal die leiseste Idee für einen Helden. Und doch setzte sich dieser Titel in meinen Gedanken fest, und ich wußte, daß ich in einem solchen Falle daran festhalten mußte.

Es handelte sich um einen Schnellzug aus Rom; er war durch Orvieto gekommen, bevor ich zugestiegen war; Arezzo und Florenz lagen vor uns. Stellen Sie sich das stilvolle Interieur der ersten Klasse eines *Rapido* vor, die angenehme Pullman-Atmosphäre, die gefältelten weißen Sesselschoner, die komfortable Geräumigkeit. Mir schräg gegenüber saßen ein junger Mann und ein junges Mädchen: Man konnte an ihren Gesichtern sehen, daß sie ein Liebespaar waren. Ein älteres Paar reiste zusammen mit dem Vater der Frau: Man konnte ihrem Gespräch entnehmen, daß sie in dieser Beziehung zueinander standen. Diese Dreiergruppe sprach englisch, das Liebespaar deutsch. Ein Ehepaar reiste mit seinen zwei Kindern, einem Jungen und einem Mädchen: Ich konnte nicht hören, was sie sagten, aber alles an ihnen deutete auf Amerikaner hin. Eine Frau, die möglicherweise in der Modebranche beschäftigt war, saß allein. Die anderen Plätze waren von italienischen Geschäftsleuten in leichten Anzügen besetzt.

Ich beobachtete das Liebespaar. Er streichelte ihren nackten Arm; man konnte sehen, wie sehr sie in ihn verliebt war, obwohl er nicht gerade gut aussah oder auch nur anziehend war. Empfand das ältere Paar den Vater als ein lästiges Anhängsel? Wenn es so war, so verbot ihnen ihre Höflichkeit, auch nur das geringste Anzeichen dafür zu zeigen; aber seltsamerweise beunruhigte mich diese Höflichkeit. Die Amerikaner waren elegant, die Kinder zankten sich ein bißchen, wie lebhafte Kinder es tun, und die Eltern unterhielten sich leise und lachten manchmal. Die Mutter war eine besonders attraktive junge Frau, blond und voller Sommersprossen, mit Grübchen auf beiden Wangen und einem Witz, der in ihren Augen aufblitzte.

Der Titel, der mir in den Sinn gekommen war, gefiel mir in zunehmendem Maße, doch konnte ich immer noch keinen Sinn darin entdecken, keinen Hinweis, der in die eine oder die andere Richtung deutete. Ich rief mir Ernestine French-Wyn ins Gedächtnis, die Adam in *Ich schenk dir mein Herz* so zum Weinen gebracht hatte. Aber eine Geschichte erweckt selten die Geheimnisse einer anderen, und um der mich quälenden Enttäuschung zu entgehen, zwang ich mich dazu, wieder meine Mitreisenden zu beobachten. Die Köpfe der Liebenden waren jetzt über einen Fetzen Papier gebeugt, auf dem das Mädchen – sie sah aus wie Lilli Palmer in ihren ersten Filmen – gerade etwas ausrechnete. Die Tochter und der Schwiegersohn lasen; der alte Mann hatte seine Armbanduhr abgezogen und stellte penibel die Zeiger. Der kleine amerikanische Junge wurde von seiner Mutter gerügt; das kleine Mädchen tauschte den Platz mit ihm und nahm die Hand ihres Vaters. Irgendwo erschien vor meinem geistigen Auge die Schilderung dieser Szene: dunkel geschriebene Zeilen auf dem grünen Schreibmaschinenpapier, das ich immer benutze. Ich hatte keine Ahnung, wie das kam.

Der Zug fuhr schnell, brauste durch kleine Bahnhöfe und eine Landschaft, die nach den Regenfällen im Frühling immer noch grün war. Der Schaffner erschien. Dann eilte der Speisewagenschaffner vorbei und läutete mit seiner Glocke zum Mittagessen. Die Geschäftsleute gingen essen, die Frau aus der Modebranche auch. Aus dem Nichts tauchten Worte auf: *Im Garten blühten die Geranien. Durch die von ihrem Duft erfüllte Dämmerung wandelte das Mädchen in dem weißen Kleid, ihr Schritt so leicht wie Spinnweben am Morgen. An jenem Abend hatte sie keinerlei Sorgen.*

Es würde weitergehen. Ich würde mich an meine kleine schwarze Olympia setzen, und ein Absatz würde prompt dem anderen folgen, eine Szene in die nächste übergehen, die Dialoge würden mir wie von selbst einfallen. Ich blätterte in den Seiten von *Oggi*, verlor aber bald das Interesse. Ich ertappte mich bei dem Gedanken, wo ich wohl wäre, wenn ich nicht auf meine alten Tage mein bescheidenes Talent entdeckt hätte. Es gab Frauen in meinem Alter, die immer noch in Speisegaststätten Büroangestellten ihr Essen servierten. Es gab Frauen, die Schuhe verkauften – was ich ebenfalls schon getan habe – oder auf Fährschiffen die Kabinen aufwischten. Ich habe es nie als einen glücklichen Zufall empfunden, daß ich mich im Café Rose wiederfand, aber ich muß gerechterweise sagen, daß es einer war. Am Ende führte ich den Laden – jedermanns Freundin, wie sie dort immer sagten. Ich habe Glück gehabt, das muß ich noch einmal festhalten, weil ich nicht glaube, daß ich ohne das Café Rose jemals zur Feder gegriffen hätte.

Ich mußte geschlafen haben, denn im Traum kam Ernie Chubbs vor dem Al Fresco Club auf mich zu und rief, genau wie er es in Wirklichkeit getan hatte: »Hallo, Schätzchen!« Im Al Fresco Club sagte er mir, daß er mich liebe; er wolle die ganze Nacht bei mir sitzen, flüsterte er. Ernie bestellte ständig Drinks, so wie man es im Al Fresco gerne sah, und als ein anderer Mann herüberkam und auch Drinks bestellte, wurde Ernie wütend und sagte ihm, er solle verschwinden. Dann war ich, so unvermittelt, wie es in Träumen oft geschieht, plötzlich beim Einkaufen in Mailand und probierte lange Veloursledermäntel in unterschiedlichen Farben an – der Schnitt der nächsten

Saison, sagte der Verkäufer. Mir gefiel der verhüllende Schnitt, und ich sagte das gerade, als mir die Augen durch einen lauten Knall aufgerissen wurden. Glas flog durch die Luft, und das Gesicht der Amerikanerin war verkehrt herum. Schreie ertönten, und ich verspürte Schmerzen, bevor alles dunkel wurde.

2

»Ich bin's, Quinty. Ich bin gekommen, um Sie zu besuchen«, sagte Quinty. »Es geht Ihnen gut. Es ist alles in Ordnung.«

Er versuchte zu lächeln. Die Falten auf seinen Wangen bildeten Zickzacklinien, aber es kam kein richtiges Lächeln zustande.

»Haben wir Karfreitag?« fragte ich, verwirrt, weil Karfreitag mit der ganzen Sache nichts zu tun hatte. Ich hörte mich über das Café Rose reden, darüber, wie der österreichische Elfenbeinschnitzer an einem Karfreitag von dem Stoff, den er nahm, high gewesen war und wie Poor Boy Abraham bestürzt gewesen war, daß irgend jemand an dem Tag, an dem Jesus am Kreuz gestorben war, high sein konnte.

Dann kamen Stunden voller Schatten – es hätten auch Jahre sein können –, in denen die weißen Trachten der Schwestern vorbeihuschten, vor allem die einer Schwester mit dünnem schwarzen Haar. »Sie haben was abgekriegt«, sagte Quinty, »aber Gott sei Dank erholen Sie sich gut.« Er schniefte so, wie er es manchmal tut, ein beiläufiges, unüberlegtes Geräusch, das etwas anderes verschleiert.

»Was ist passiert?« fragte ich, aber Quintys Antwort – falls er überhaupt eine gab – entging mir, und als ich aufsah, war er nicht mehr da. Ich wollte nicht nachdenken; ich ließ meine Gedanken in die Vergangenheit schweifen, sie hier und da verweilen, ohne mich anzustrengen, mich zu verausgaben. »Haben sie bezahlt?« fragte Mrs. Trice ihren Mann. Das fragte sie ihn ständig, da er bei den Leuten die Versicherungsbeiträge eintrieb. »Du bist zu weich mit ihnen«, warf sie ihm vor. »Weich wie ein nasser Waschlappen.« Als Kind wohnte ich acht Jahre in der Prince Albert Street 21, bevor ich begriff, daß ich aufgrund eines Geldgeschäfts dort lebte. Ich hatte die Trices immer als meine Eltern angesehen, ohne etwas von den Leuten mit ihrer »Todeskurve« zu wissen, bis Mrs. Trice es mir eines Samstagmorgens in der Küche erzählte. »Mr. Trice hat ihnen eine bestimmte Summe gezahlt«, so drückte sie sich aus. »Es waren keine Leute, mit denen man etwas zu tun haben wollte.«

Zwischen Wachen und Träumen drängte das redliche schwarze Gesicht von Poor Boy Abraham die Trices beiseite, die negroiden Gesichtszüge konzentriert, während er auf der Veranda des Café Rose den Fußboden fegte und die Ventilatoren surrten und rasselten. Die vier Engländer spielten am Ecktisch Poker. »Wo wäre ich bloß, wenn ich mit meinem Kummer nicht zu Ihnen kommen könnte?« fragte der österreichische Elfenbeinschnitzer und lenkte das Gespräch wie immer auf seine hoffnungslose Begierde nach der Frau irgendeines Schwarzen. Der Flieger, der in dem Café Stammgast war, hatte Werbebotschaften in den Himmel geschrieben und vorwiegend Reklame für eine Biersorte gemacht.

Ich schlief ein und träumte, wie ich es auch im Zug getan hatte. »Fühlst du dich besser, Kleines?« fragte Ernie Chubbs besorgt in Idaho. »Möchtest du, daß ich dir ein Chow Mein raufbringen lasse?«

Eine Schwester sagte mit freundlicher Stimme etwas auf italienisch. Ich konnte an ihrem Gesichtsausdruck erkennen, daß sie freundlich war. Sie schüttelte meine Kissen auf und hielt einen Augenblick lang meine Hand. Ich glaube, ich muß im Schlaf geschrien haben. Als ich mich wieder beruhigt zu haben schien, ging sie.

Als Ernie Chubbs vorschlug, daß ich mit ihm nach Idaho gehen solle, tat ich es, weil ich den Wilden Westen sehen wollte. Der Wilde Westen fasziniert mich bis auf den heutigen Tag: Claire Trevor in ihren Cowgirlkleidern, die im Saloon singende Marlene Dietrich. Noch heute schließe ich die Augen, wenn sich an der Postkutsche ein Rad löst; ich bin immer noch nicht schnell genug, um zu sehen, wie ein Sheriff seinen Revolver zieht. Mr. Trice nahm mich Sonntag nachmittags mit ins Gaiety-Kino, und dann sahen wir uns den Vorfilm an – Leon Errol, Laurel und Hardy oder Charlie Chase – und dann die Gaumont-Wochenschau, die Serienfolge und alles, was sonst noch außer dem Hauptfilm lief. Manchmal lief ein Gangsterfilm, ein Eiskunstlaufdrama oder ein Musical, und das war immer eine Enttäuschung. Ich sehnte mich nach den Cañons und den Ranches, nach dem Klang der Pferdehufe einer Bande, den Sätteln, aus denen unterm Sternenzelt Kissen wurden.

Idaho war auch eine Enttäuschung. Ernie Chubbs, der sagte, daß er die Gegend gut kenne, versicherte mir, daß dort immer noch der Wilde Westen sei; aber das stimmte natürlich nicht. Der Traum eines ganzen Lebens war zerstört – nicht, daß ich erwartet hätte, die gewundenen Pfade genauso vorzufinden, wie man sie mir gezeigt hatte, aber es hätte wenigstens irgend etwas geben können, was an sie erinnerte, es hätte wenigstens den Geruch von Leder geben können. »Du bist eine schlichte Seele, Emily«, sagte der dicke Arzt immer, der ins Café Rose kam. Ja, ich denke, das stimmt: Ich kann nichts dafür. Ich bin eine schlichte Seele, und ich bin sentimental.

»Wie lange?« fragte ich. »Wie lange liege ich schon hier?«

Aber die italienischen Schwestern lächelten nur und schüttelten meine Kissen auf. Ich machte mir Gedanken darüber, wie lange ich schon da war; doch einen Augenblick später – vielleicht war es aber auch nicht nur ein Augenblick – spielte das nicht mehr die geringste Rolle. Das Idaho von Ernie Chubbs – seine geschäftlichen Verabredungen, die Warterei in dem Motelzimmer – muß mich zum Stöhnen gebracht haben, weil die Schwestern mich wieder trösteten. Währenddessen waren meine Gedanken vom Wilden Westen erfüllt, der alles andere beiseite schob. Im Gaiety-Kino gab es keine Vorhänge vor der Leinwand. Auf der nackten, hellen Fläche waren die Pistolenhalfter und die Schweißbänder an den breitkrempigen Hüten zu sehen, der Federschmuck der Indianer, die einer nach dem anderen fielen, die wilden Schlägereien. Ich war sieben, acht oder neun, als die Dietrich sang. »*See what the boys in the back room will have*«, kommandierte sie auf ihre herrische Art, »*And tell them I'll have the same.*« In meiner den Beruhigungsmitteln zu verdankenden Ruhe hörte ich wieder dieses Lied; und das Idaho von Ernie Chubbs schien für immer verschwunden zu sein. Junge Männer, denen ich selbst Leben eingehaucht habe, flüsterten glücklichen jungen Mädchen Liebesverse zu. Der Hochzeitsmarsch wurde gespielt, Bräute warfen Blumenbuketts. Möglicherweise hatte auch das Café Rose nie existiert.

»Quinty.«

»Ruhen Sie sich jetzt aus.«

»Es waren noch andere Leute da. Ein junger Mann und seine Freundin, die deutsch gesprochen haben. Amerikaner. Italiener in dunklen Anzügen. Eine Frau aus der Modebranche. Drei Leute aus England. Sind die auch hier, Quinty?«

»Natürlich.«

»Quinty, findest du das bitte heraus? Find es heraus und sag es mir. Bitte.«

»Regen Sie sich wegen so etwas nicht auf.«

»Sind sie tot, Quinty?«

»Ich werde fragen.«

Aber er wich nicht von meinem Bett. Er besuchte mich, um zu sehen, ob Grund zur Hoffnung bestand, die Aussicht auf einen Rückfall. Er durchbohrte mich mit seinem Blick; ich schloß die Augen. Die kleine Bonny Maye war in Toupe's Better Value Store angestellt und drückte mit einem Auszeichner Preisschilder auf die Waren im Regal. Kleine Haftetiketten, jedes mit dem passenden Preis beschriftet, wurden auf Dosen und Schachteln geklebt. Zu bestimmten Tageszeiten saß sie hinter einer der Ladenkassen.

Dorothy, ein etwas älteres Mädchen aus dem Tischtennisverein, nahm sich der kleinen Bonny Maye an. Dorothy war Sekretärin eines Finanzexperten und hatte Privatunterricht erhalten. Sie hatte eine wunderschöne Stimme und war auch selbst wunderschön. Bonny konnte sich nicht vorstellen, warum sie sich ihrer angenommen hatte, und selbst wenn Dorothy dazu neigte, sie ziemlich oft um einen Gefallen zu bitten, wußte Bonny diese Freundschaft mehr als jede andere zu schätzen, die sie bisher gehabt hatte. Sie war nur zu dankbar: Während der ganzen Zeit mit Dorothy dachte Bonny an nichts anderes. Ihre einzige Sorge war, daß irgendeine Dummheit von ihr alles zerstören könnte.

»Hast du jemals diese Geschichte von mir gelesen, Quinty? *Die kleine Bonny Maye*?« Ich war überrascht zu hören, daß ich Quinty danach fragte. Normalerweise unterhielten wir uns nicht über so etwas. Er sagte:

»Es ist großartig, daß Sie Ihre Geschichten haben.«

»Ich habe sie mir im Café Rose überlegt.«

»Das haben Sie mir erzählt.«

»Ich erinnere mich nicht daran.«

»Sie hatten ein, zwei Gläschen getrunken, als Sie es mir erzählt haben.«

Die vier Worte des Titels prangten blau auf dem bernsteinfarbenen Schutzumschlag, und darunter waren die beiden Mädchen abgebildet. Das muß ich gesagt haben, weil Quinty nickte. Bald darauf ging er. Vielleicht hat er sogar erraten, daß ich angefangen hatte, die Stimmen der Mädchen zu hören.

»Weißt du, Liebes, ›Haus‹ schreibt man mit ›H‹.« Dorothy konnte Bonny mühelos in Verlegenheit bringen. Als sie zusammen in Urlaub fuhren, stellte Dorothy eine Liste von Wörtern auf, mit denen Bonny, die bei der Älteren Mädchen für alles spielte, sich besonders sorgfältig befassen sollte. »Die Gabel gehört auf den Teller und nicht in die Luft. Ich hatte ein Kindermädchen, das das immer gesagt hat.«

Als ich döste, schwächten sich die Schmerzen im Gesicht zu einem Spannen ab, und ich versuchte, vermutlich zum ersten Mal, zu lächeln. Die beiden Mädchen verbrachten ihren Urlaub in Menton, und als Blane in ihr Leben trat, ging er natürlich mit Dorothy aus und ließ die arme Bonny ganz allein zurück, da es ihr nicht recht gewesen wäre mitzukommen. »Natürlich macht mir das nichts aus. Natürlich nicht.« Sie versuchte, sich bei Laune zu halten, indem sie Eiscreme aß oder sich die Jachten ansehen ging.

Ich merkte, daß ich nicht die geringste Anstrengung unternahm. Ich steuerte nichts. Die Gesichter, Worte und Stimmen überschwemmten mich. »So ein unglückliches Ding!« rief Blane. »So ein Pech!« Dorothy hatte sich eine Blinddarmentzündung zugezogen. Ein Krankenwagen mußte kommen. »Du brauchst einen Cognac«, beharrte Blane. »Oder einen Cointreau. Nein, Bonny, ich bestehe darauf. Armes Mädchen, wie schrecklich für euch beide!« Dorothys Urlaub war eine Katastrophe. Jeden Morgen holte Blane Bonny in seinem Peugeot ab und brachte sie ans Bett ihrer Freundin, die gewöhnlich eine Liste der Sachen, die sie haben wollte, aufgestellt hatte. Danach aßen Blane und Bonny zusammen im Petit Escargot zu Mittag.

Drei Monate zuvor hatte Blane Mara Hall geerbt, ein großes Haus mit dazugehörigem Park in Shropshire. Aber sobald das eingetreten war, hatte er England verlassen, da er sich vor dem Haus fürchtete, obwohl er es liebte.

»Meine Mutter ist gestorben, als ich eineinhalb war. Es hat immer nur meinen Vater und mich gegeben.«

»Keine Geschwister, Blane?«

»Keine Geschwister.«

Bonny überlegte, wie einsam das gewesen sein mußte: ein Junge, der nur mit seinem Vater und den Bediensteten als Gesellschaft in einem großen Haus aufgewachsen war. Sein Vater war streng und erwartete viel von seinem Erben.

»Ich bin wohl ein Feigling. Ich würde viel darum geben, mit allem fertigzuwerden. Ich laufe davon. Ich weiß das, Bonny.«

»War dein Vater...«

»Mein Vater war in allem perfekt. Er war eine starke Persönlichkeit. Er hat die Frau geheiratet, die er liebte, und nie eine andere angesehen. Die Bediensteten und seine Pächter haben ihn verehrt.«

Auf Mara Hall gab es einen Obergärtner, der mehrere Gärtner unter sich hatte. Es gab einen Butler, einen Koch und manch altes Faktotum von Dienstmädchen, die alle schon so lange da waren, wie Blane sich erinnern konnte. Früher hatte es einmal Lakaien gegeben, aber das war eine Ewigkeit her.

Mara Hall stand mir lebhafter vor Augen als die Schatten von Schwestern, deren Sprache ich nicht verstand, und der Geruch von Narkosemitteln: die Rasenflächen und die Teerosen, die bröckligen Ziegelsteine des Hauses selbst und die der Mauern im Gemüsegarten, die alten Eisenverzierungen. Ich fühlte mich genau wie Bonny – von Staunen überwältigt. Bonny war nicht von einem Paar, das über einen Steilwandkurs fuhr, in einem tristen Seebad ausgesetzt worden; aber irgend etwas Ähnliches gab es in Bonnys Vergangenheit, selbst wenn es in der Geschichte nicht ans Licht kam. Das spürte ich jetzt zum ersten Mal ganz deutlich.

»Das hört sich so wunderschön an, Blane. Dein Zuhause.«

»Ja, es ist wunderschön.«

Abends gingen sie auf der Promenade spazieren. Er würde Dorothy heiraten, dachte Bonny, und sie nach Mara Hall mitnehmen. Dorothy war so begabt wie schön. Dorothy würde ihn behutsam zu seinen Pflichten zurückführen. Er würde eine genauso starke Persönlichkeit wie sein Vater werden; er würde in allem genauso perfekt sein.

»Liebe Bonny«, sagte er, in einem Tonfall, der sie den Atem anhalten ließ. Sie brachte kein Wort heraus. Das Meer war eine Fläche aus Glas, die das ruhige Azurblau des Himmels widerspiegelte. »Liebe Bonny«, sagte er erneut.

Die Ärzte, die mich behandelten, berieten sich. Einer sprach englisch, erzählte mir lächelnd, daß ich Fortschritte gemacht hätte, und sagte, sie seien zufrieden.

»Ich freue mich, daß Sie zufrieden sind«, entgegnete ich.

»Sie waren sehr tapfer, Signora«, sagte derselbe Arzt. »Und geduldig, Signora.«

Sie gingen weiter, und beide nickten mir zum Abschied zufrieden zu. Blane faßte das bescheidene Geschöpf am Arm; Bonny Maye zitterte bei der Berührung, weil noch nie zuvor ein Mann sie an den Arm gefaßt hatte. Nie zuvor hatte ein Mann sie als lieb bezeichnet. Sie hatte noch nie einen Herzensfreund gehabt.

»Viel besser«, sagte Dorothy, aber es war ihr letzter Tag in Menton. Sie hatte ihre Sonnenbrille auf dem Nachttisch liegen lassen, und Bonny ging sie holen. Blane fuhr mit ihr nach Bordighera, und Bonny aß an der Strandpromenade traurig ein Eis. Sie schrieb die Ansichtskarten, die sie schon vorher hätte schreiben sollen, an die anderen Mädchen in Toupe's Better Value Store. Sie würde zurück sein, bevor sie sie erhielten.

Nur einmal wurde die Geschichte von Ernie Chubbs' gierigen Gesichtszügen unterbrochen, wie seine Augen in den Schatten des Al Fresco Clubs die meinen suchten, seine Finger in dem Motelzimmer meinen Reißverschluß aufmachten. In dem Zimmer standen eine alte Mangel und eine Blechwanne, in der Feuerholz aufbewahrt wurde. Ich wußte, daß das alles nicht stimmte. »Es würde sich nicht schicken, es zu erzählen«, sagte Ernie Chubbs. »Brave Mädchen erzählen nichts, Emily.« Auch das stimmte nicht. Ernie hatte nie gesagt, daß brave Mädchen nichts erzählen, und Ernie Chubbs war auch nicht auf diese spezielle Art gierig gewesen.

Das schauerliche Ende eines Alptraums, von einer dunklen Farblosigkeit, etwas wie eine Ratte im Wohnzimmer, ging so schnell, wie es gekommen war, ausgetilgt von einer freundlicheren Macht. »Also, wirklich!« Dorothy war etwas verärgert, als sie aus Bordighera zurückkehrten. Sie legte sich hin, um auszuruhen, und beklagte sich, daß es im Zimmer zu heiß sei, und dann, als das Fenster geöffnet wurde, daß es fürchterlich ziehe. Sie wollte eine Flasche Vichy, aber man brachte ihr Evian. Hektisch drückte sie eine Zigarette aus, die sie noch nicht an die Lippen geführt hatte.

»Bonny«, sagte er, während er an der offenen Tür des kleinen Peugeot lehnte. »O Bonny, wenn ich dich nur glücklich machen könnte!«

Er ist der netteste Mensch, den ich je kennengelernt habe, dachte sie. Er weiß, daß ich ihn liebe; er weiß, daß ich nichts dagegen tun konnte. Das geschieht jetzt aus Liebenswürdigkeit, daß er von meinem Glück spricht, wo doch das von ihm und Dorothy auf dem Spiel steht. Sie haben heute nachmittag einen kleinen Krach gehabt, aber sie werden sich bald wieder vertragen. Heute abend wird er Dorothy bitten, ihn zu heiraten, und nach dem morgigen Tag werde ich keinen von beiden jemals wiedersehen. Dorothy wird zu beschäftigt und zu glücklich sein, um sich jemals wieder im Tischtennisverein sehen zu lassen. Erst kommen die Hochzeitsvorbereitungen, dann die Flitterwochen und dann die Rückkehr nach Mara Hall.

»Schau mal, Bonny«, sagte er, und im Sonnenlicht funkelten Saphire. Er hatte eine kleine Schatulle aufgeklappt; der schmale Goldring, an dem die Edelsteine saßen, lag auf einem winzigen Kissen. »Ich hab ihn für sie gekauft«, sagte er, »drei Tage, nachdem wir uns kennengelernt hatten.«

»Er ist wunderschön.« Sie brachte die Worte mit erstickter Stimme hervor. Tränen trübten ihr den Blick. Sie versuchte zu lächeln, brachte es aber nicht fertig.

»Ich muß dir das sagen, Bonny. Ich muß dir sagen, daß ich ihn für Dorothy gekauft habe.«

Sie nickte traurig.

»Ich hätte Dorothy heute nachmittag fragen können. Ich konnte es nicht, Bonny.«

Wieder nickte sie, ohne zu verstehen, in dem Versuch, so zu tun, als ob.

»Ich liebe nur dich, Bonny. Wenn ich irgendwas auf der Welt weiß, dann das.«

»Mich? *Mich?*«

»Ja. O ja, meine Liebe.«

In seinem Gesicht lag ein Lächeln über ihre Verblüffung. Seine Lippen waren geöffnet. Sie hörte sich sagen, mit ihr sei es nicht weit her, obwohl sie wußte, daß sie das nicht sagen sollte. Sie hörte ihn lachen.

»Oh, ganz im Gegenteil, meine Liebe. Du bist alles auf der Welt für mich. Liebling, du bist Sonne und Sterne, du bist der Duft des Sommerjasmin. Kannst du das verstehen?«

Sie errötete und wandte den Blick ab, dachte an Dorothy und fühlte sich als Verräterin und verwirrter als je zuvor. Sie wollte lachen und weinen zugleich.

»Bonny Liebling, du hast die Lippen eines Engels.«

Seine eigenen Lippen berührten die, von denen er sprach. Der sanfte Druck war wie ein Feuer, das zwischen ihnen brannte.

»O Blane, Blane«, murmelte sie.

»Sag nichts, Liebling«, flüsterte er zurück, und klammheimlich fand der Saphirring den Weg zu ihrem Finger.

Ich hätte gern geheiratet und Kinder gehabt. Aber Ernie Chubbs, der mir schwor, daß er Vorsichtsmaßnahmen träfe, wollte das nicht. Während meiner Beziehung zu ihm hatte ich nicht weniger als vier Abtreibungen, die letzte davon in Idaho. Ich könne keine Kinder mehr bekommen, hat man mir da gesagt. »Tut mir leid, Kleines«, sagte Ernie Chubbs. »Möchtest du, daß ich dir ein Chili con carne raufbringen lasse?«

Blutrot breitete sich auf dem Jeansstoff aus. Eine Hand, die ebenfalls blutrot war, prallte von der Decke zurück, hing einen Augenblick in der Luft, die Finger gespreizt. Ein panisches Kreischen unterschied sich von den Schmerzensschreien. Selbst während des Unglücks konnte man den Unterschied hören.

»Zwanzig Pfund«, sagte Mrs. Trice. »Soviel hat er bezahlt. Mr. Trice hat gern ein Kind, wirklich. Den Hund hat er umsonst gekriegt. Rohes Volk«, sagte sie, »aus einem Baby Profit zu schlagen. ›Verdammt noch mal, du gibst es zurück‹, hab ich zu ihm gesagt, doch inzwischen war'n sie weg. Fünfzig wollten sie haben, zwanzig hat er bezahlt.« Ernie bestellte Cola mit Rum im Al Fresco, jedesmal für einen Fünfer. »Leicht verdientes Geld«, sagte Mrs. Trice und führte ein Stück Kuchen zum Mund. »Diese herumziehenden Leute sind immer hinter leicht verdientem Geld her.«

»Ein Blitz«, sagte ich mir. »Ein Blitz hat in den Zug eingeschlagen.«

Die Dosierung der Medikamente wurde täglich reduziert; ich bekam immer weniger Beruhigungsmittel. In der Prince Albert Street 21 rührte ich Milch in einem Topf um, und Mrs. Trice war wütend, weil die Milch anbrannte, und Milch kann offenkundig nicht anbrennen, während man sie umrührt. Es war in dem Schuppen im Hinterhof der Prince Albert Street 21, wo die Mangel stand, und die Wanne mit dem Feuerholz. Es war in dem Schuppen im Hinterhof, wo der Mann, den ich für meinen Vater hielt, weinte und sagte, wir bräuchten nichts zu erzählen, brave Mädchen täten das nicht. Es war sein Gesicht, das gierig war, nicht das von Ernie Chubbs. Ernie liebte mich, hab ich gedacht.

Mr. Trice besaß einen Foxterrier mit glattem Fell, einen schwarzweißen Hund von schrankenloser Dummheit. Als ich neun war, gehörte es neben dem Kleinhacken von Feuerholz, dem Geschirrabwaschen und der Zubereitung des Frühstücks zu meinen Aufgaben, dieses Tier spazierenzuführen, das sich weigerte, von sich aus den engen Hinterhof der Trices zu verlassen. Jedesmal zuckelte der Hund widerwillig hinter mir die Prince Albert Street entlang und über den feuchten Sand am Strand. Möwen sahen geringschätzig auf ihn herab, wenn ich mit dem Rücken an einem Wellenbrecher saß und er brav im Sand stand. Manchmal stießen sie sogar mit dem Schnabel nach ihm, aber der Hund zeigte keinerlei Anzeichen von Beunruhigung oder von Freude und schien das Interesse der Möwen kaum zu bemerken. Wenn andere Hunde knurrend auf ihn zugelaufen kamen, saß Mr. Trices Hund teilnahmslos da, auch von dieser Demonstration der Feindseligkeit unbeeindruckt. Wenn er tatsächlich angegriffen wurde, duckte er sich leidenschaftslos, drängte sich mit geschlossenen Augen dicht an den Boden, ohne daß sich ihm das Fell sträubte. »Ein sanftmütiges Tier«, sagte Mr. Trice dann immer, wenn er sich entschieden hatte, mich zu begleiten, was er zu meiner Bestürzung ab und zu tat. Wir gingen den Strand entlang, und Mr. Trice versuchte, sein Haustier in die grauen Wellen zu locken. Aber es widerstand hartnäckig der Versuchung der Steine, die Mr. Trice warf, und der Pfiffe, die er zum Ansporn ausstieß. »Das ist ein Anzeichen von Intelligenz«, bemerkte er dann und gab sich geschlagen. »Es gibt eine Menge Hunde, die kaltes Wasser nicht erkennen, bevor sie drin stehen.« Mr. Trice und ich setzten uns neben den Wellenbrecher, und er blickte immer über die Schulter, bevor er den Arm um mich legte, um mich an sich zu drücken. »Sag deinem Daddy, daß du ihn liebhast«, drängte er dann, und ich tat, worum er mich gebeten hatte, weil ich dachte, es wäre ungehörig, es nicht zu tun. Mr. Trice blickte sich wieder um. Er hielt meine Hand und küßte mich auf die Schläfe, während der Hund neben uns stand und nicht zu wissen schien, daß es erholsam wäre, sich auch hinzusetzen. Die Umarmungen und die Küsse waren alles, worauf Mr. Trice am Strand je abzielte. In dem Schuppen im Hinterhof nahm er mich auf sein Knie, und in der Dunkelheit des Gaiety-Kinos hatte er die ganze Zeit über eine Hand auf meinem Bein liegen, während *Der große Bluff* oder *Höllenfahrt nach Santa Fé* lief. Erst später, als ich elf war, nahm Mr. Trice mich mit ins Schlafzimmer, wenn Mrs. Trice in der Wäscherei war, in der sie arbeitete. Er schenkte mir einen Penny, und ich versprach ihm, nichts zu erzählen. Die Leute würden das falsch verstehen, sagte er.

Ich hatte keine Lust, während meines Aufenthalts in jenem italienischen Krankenhaus über die häßlicheren Momente in meinem Leben nachzudenken, konnte es jedoch nicht verhindern. Mit fünfundfünfzig Jahren hatte ich mein schönes Haus, und während ich dort lag, bemühte ich mich, mir vorzustellen, wie ich in diesem Haus bin. Aber erneut spielten mir meine Gedanken einen Streich. Völlig gegen meinen Willen blieb ich bei einer anderen Art von Häßlichkeit hängen, leistete den Touristen Gesellschaft, die sich im Laufe der Jahre an meinem Tisch versammelt hatten. Die Mutter und ihr ängstlicher Sohn, die Homosexuellen, die Aids hatten, die *Ménage à trois* und all die anderen: In Gestik oder Tonfall hatte es so viele verräterische Anzeichen gegeben. Vor langer Zeit hatte die Mutter ihren Sohn verängstigt, um ihn an sich zu binden. Der jüngere der beiden Homosexuellen war untreu gewesen, aber der andere hatte ihm verziehen; beide würden bald sterben. Die Frauen, die sich einen Liebhaber teilten, hatten sich beide für die zweitbeste Lösung entschieden.

Im Eßzimmer oder auf der Terrasse füllte Rosa Crevelli die Weingläser der Touristen oder bot ihnen Obst oder *Dolce* an. Ausgelaugt von solchen menschlichen Tragödien stand ich müde von meinem Tisch auf.

Wie freudig, wie begeistert leistete ich damals der kessen Polly Darling oder Anette St. Claire Gesellschaft! Schönen Lippen oder Lippen, die ein bißchen feucht waren, entströmten geflüsterte oder gemurmelte Worte und schlichte Freudenschreie. Dunkles Haar umrahmte ein ovales Gesicht, Augen waren so blau wie Kornblumen im Frühsommer. Oft war es halb vier oder vier, wenn ich wieder die Hülle über meine schwarze Olympia zog. Das Licht eines neuen Tages zeigte sich als Streifen am Himmel, wenn ich auf der Terrasse die letzte nächtliche Zigarette rauchte. Eine herrliche Müdigkeit schrie nach Schlaf.

Man betupfte meine Stirn. Man schlang mir das Ding zum Blutdruckmessen um den Arm. Man steckte mir ein Fieberthermometer rein. Man zog mir mit einer Pinzette die Fäden.

»An einem Geheimnis ist doch nichts dabei«, sagte Mr. Trice. »Ist doch nichts dabei, oder?«

»Nein.«

Nachdem er mir zum dritten Mal einen Penny geschenkt hatte, stellte ich den Sessel vor meine Schlafzimmertür, aber das nützte nichts. Also packte ich einen Tag vor meinem sechzehnten Geburtstag meine Sachen in einen braunen Pappkoffer und ließ fünf Shilling da, weil der Koffer Mrs. Trice gehörte und man uns in der Sonntagsschule beigebracht hatte, daß man nicht stehlen soll.

»Laß dich mal ansehen«, sagte die Frau in der Gaststätte. »Hast du schon mal als Bedienung gearbeitet?«

Hatte ich noch nicht, so daß sie mich zunächst in die Küche steckten, wo ich das Geschirr abwusch. »Ungeschickt«, sagte die Frau. »Gott, wie ungeschickt du bist.« Ich hatte krauses Haar, ich nahm ständig zu, meine Kleider stammten größtenteils aus zweiter Hand. Und doch verging nicht viel Zeit, bis auch andere Männer als Mr. Trice mich begehrten und mir Geschenke machten.

»Ein Zeitzünder«, sagte Quinty.

»Ich hab gedacht, es war ein Blitz.«

»Es war eine Bombe mit Zeitzünder.«

»Wo war sie, Quinty? In meiner Nähe?«

»Sie war ziemlich nahe. Im restlichen Zug war alles in Ordnung.«

»Ist deshalb die Polizei gekommen?«

»Genau deshalb.«

Am Anfang meines Krankenhausaufenthalts hatte ein Haufen *Carabinieri* um mein Bett herum gestanden. Ihre Anwesenheit war in meine Träume und das Wirrwarr meiner Gedanken eingegangen. Ihre dunkelblauen Uniformen mit roten und weißen Streifen, die Revolver in schwarzen Pistolenhalftern, das ergraute Haar bei einem von ihnen: All das behielt ich im Kopf, nachdem sie von meinem Bett verschwunden waren, und schlich sich wiederholt in meine überbordende Phantasie. Wenn Gespräche stattfanden, so kann ich mich nicht mehr daran erinnern.

Später kamen Kriminalbeamte in normalen Anzügen mit einem Dolmetscher. Sie statteten mir mehrere Besuche ab, aber aus dem Verhalten der Kriminalbeamten wurde bald klar, daß sie es für unwahrscheinlich hielten, daß ich das Ziel des Anschlags gewesen war, obwohl sie konzentriert zuhörten, während ihr Dolmetscher meine Antworten übersetzte. Hundertmal, so kommt es mir jetzt vor, fragten sie mich, ob mir irgend etwas Ungewöhnliches aufgefallen sei, entweder als ich in den Zug gestiegen sei oder nachdem ich meinen Platz eingenommen hätte. Immer wieder schüttelte ich den Kopf. Ich konnte mich nicht daran erinnern, daß jemand herumgeschlichen war, jemand jäh den Kopf abgewandt oder das Gesicht verborgen hatte. Jedesmal waren die Kriminalbeamten höflich und geduldig.

»*Buongiorno, signora. Grazie.*«

»Auf Wiedersehen, gnädige Frau«, übersetzte der Dolmetscher jedesmal. »Danke.«

Carrozza 219 war unser Waggon gewesen. Ich erinnerte mich an die Nummer auf der Fahrkarte. Platz 11. Vor meinem geistigen Auge blieben die Gesichter der Leute, die in meiner Nähe gesessen hatten: die amerikanische Familie, das Liebespaar, das Paar und ihr älterer Verwandter. Die Frau aus der Modebranche und die Geschäftsleute in den leichten Anzügen waren zum Mittagessen gegangen.

»Sie sind hier«, sagte Quinty, sah mich an und setzte hinzu: »Ein paar von ihnen.«

Von den drei Engländern war nur noch der alte Mann am Leben. Von dem deutschen Pärchen nur der junge Mann. Im Krankenhaus nannten sie das kleine amerikanische Mädchen Aimée: Man hatte den Familienpaß gefunden. Sie war die einzige Überlebende ihrer Familie, und es gab Probleme, in Amerika jemanden ausfindig zu machen, der die Verantwortung für sie übernahm. Es sah sogar so aus, wie Quinty anfangs sagte, als gäbe es niemanden. Die Informationen, die über die *Carabinieri* und das Krankenhauspersonal durchsickerten, schienen darauf hinzudeuten, daß sie irgendwo Großeltern hatte, und später, daß es eine Tante gab. Dann erfuhren wir, daß der Großvater des Kindes ein Herzleiden hatte und man ihm nicht sagen konnte, daß sein Sohn, seine Schwiegertochter und sein Enkel ums Leben gekommen waren; und der Großmutter konnte man es nicht sagen, weil sie nicht in der Lage sein würde, ihre Trauer vor ihm zu verbergen. Während ich dort lag, hieß ich das gut: Es war richtig, daß man diese Leute in Frieden ließ; es war nur menschlich, daß älteren Menschen erlaubt wurde, aus dem Leben zu scheiden, ohne daß sie zum Schluß noch so ein Alptraum quälte.

»Sie haben Probleme, die Tante, die sie suchen, ausfindig zu machen«, berichtete Quinty. »Anscheinend ist sie selber auf Reisen.«

Sie sei in Deutschland oder in England, hieß es, aber am nächsten Tag sagte Quinty etwas anderes. Es sei jemand anders, der auf Reisen sei, eine Freundin der Familie, von der man angenommen habe, sie sei die Tante des Mädchens. Man habe die wirkliche Tante ausfindig gemacht.

»Leider kann sie sich nicht um das Kind kümmern.«

»Warum nicht, Quinty?«

»Der Grund ist mir nicht bekannt. Vielleicht ist sie gebrechlich. Vielleicht hat sie eine Arbeit, bei der sie ständig unterwegs ist.«

Ich dachte darüber nach, nachdem er gegangen war. Ich fragte mich, was für eine Frau das sein mochte, daß sie, aus welchem Grund auch immer, so gefühllos sein konnte.

»Sie haben es schon wieder völlig falsch verstanden«,

sagte Quinty später. »Diese Frau ist die Tante von jemand anderem. Mit diesen Großeltern ist es dieselbe Geschichte.«

Ich hätte nicht das geringste davon gewußt, wenn Quinty sich nicht dafür interessiert hätte, die *Carabinieri* in dieser Angelegenheit auszufragen. Soweit ich sehen konnte, wußten die Polizisten anscheinend selbst nicht, was bei der Suche nach möglichen Verwandten oder Freunden der Familie – in so großer Entfernung – vor sich ging. Im Krankenhaus machte man sich Sorgen, weil das Kind nicht sprechen konnte oder wollte.

Abgesehen von den Opfern aus Carrozza 219 war niemand verletzt worden, und jemand von politischer Bedeutung war sowieso nicht im Zug gewesen. Der Schwiegersohn des alten Mannes hatte anscheinend irgendwas mit einer Handelsbank zu tun gehabt; der amerikanische Familienvater war Kinderarzt gewesen. Und doch hatte jemand eine Bombe gelegt, mit der Absicht, Leben auszulöschen, hatte sie scharfsinnig und gefühllos an eine Stelle gelegt, wo die, denen zufällig bestimmte Plätze zugewiesen worden waren, getötet oder verstümmelt werden würden.

Was gäbe es, fragte ich mich, in den Augen des Täters zu sehen? Was für ein abscheuliches Wesen versuchte so ein Mensch zu verbergen? Auch auf der S.S. *Hamburg* hatte es Verbrechen gegeben, die nicht immer geringfügig waren. Lebende menschliche Embryonen waren mir aus dem Körper geschabt und in den Mülleimer geworfen worden. Im Café Rose hatte es schäbige Geständnisse gegeben. Eine schlimme Schuld hatte in Ernie Chubbs' durchtriebenen Augen geflackert. Und doch konnte sich kein Verbrechen mit dem messen, was in dem Zug passiert war, den ich am Morgen des 5. Mai 1987 um 11.45 Uhr bestiegen hatte. Auf der Suche nach Trost schrieb ich die paar Zeilen auf, die ich in Carrozza 219 verfaßt hatte, den Anfang des Werkes, von dem mir zuerst der Titel eingefallen war. *Im Garten blühten die Geranien. Durch die von ihrem Duft erfüllte Dämmerung wandelte das Mädchen in dem weißen Kleid, ihr Schritt so leicht wie Spinnweben am Morgen. An jenem Abend hatte sie keinerlei Sorgen.* Aber ich fand es schwierig weiterzuschreiben und tat statt dessen einfach mein Bestes, um mich zu erholen.

Der alte Mann und ich hatten einen Schock erlitten. Mir waren Glassplitter aus der linken Gesichtshälfte entfernt worden; ihm aus Beinen und Rumpf. Der junge Mann aus Deutschland, der Otmar hieß, hatte einen Arm verloren. Der alte Mann war General.

»Was für eine Ironie«, murmelte er auf dem Gang, wo er wieder laufen lernte. »Ich war es doch, der am Ende seines Lebens angekommen war.«

Das sagte er ohne Gefühlsregung. Seine Tochter war mir als eine hübsche, zarte Engländerin in Erinnerung geblieben, still und ganz zierlich, schon etwas verblüht. Vermutlich Widder.

»Wir haben Glück, noch am Leben zu sein, General.«

Er wandte den Kopf ab und schüttelte ihn dabei leicht. Ich erzählte ihm von dem Kind namens Aimée, von der Suche nach Verwandten in Amerika. Ich hoffte, ihn in die ergreifende Notlage des Kindes hineinversetzen und ihm vielleicht vor Augen führen zu können, daß jemand anders noch mehr verloren hatte als er. Er bemühte sich sehr, etwas zu erwidern, und später sogar zu lächeln. Mit militärischem Gleichmut schien er sich mit dem Geschehenen abzufinden, was sein Beruf zweifelsohne erforderte. Von ihm ging keinerlei Melancholie aus, nur eine große Müdigkeit. Ich ließ ihn unermüdlich weitermachen, sich genau an die Anweisungen der Schwestern halten und mit Hilfe eines metallenen Krückstocks zwischen seinem Bett und einem mit Vorhängen versehenen Balkon am Ende des Ganges auf und ab marschieren.

»Es tut mir leid, Otmar«, sagte ich voll Bedauern, und der Deutsche, der ganz gut englisch sprach, bedankte sich mit einem leisen Flüstern für das Mitgefühl: Ob man es wegen des Verlusts seiner Liebsten oder dem seines Armes aussprach, war dabei kaum von Bedeutung. Im Zug hatte er ein rotgelb kariertes Holzfällerhemd und eine ziemlich große Brille getragen, die bei der Explosion zersplittert war. Jetzt trug er eine andere Brille, eine mit Drahtgestell, dazu Jeans und ein schlichtes graues Hemd. Er hatte eine fahle Gesichtsfarbe, und die Augen hinter den vergrößernden Brillengläsern waren immer noch ängstlich. Im Gegensatz zu dem General versuchte er nicht zu lächeln. Otmar wirkte in die Enge getrieben, so als wäre das Entsetzen, dessen er sich bewußt geworden war, zuviel für ihn.

»Wir dürfen die Hoffnung nicht aufgeben, Otmar. Alles, was uns geblieben ist, ist die Hoffnung.«

Jedesmal, wenn ich in mein eigenes Zimmer und dann, als es mir ein bißchen besser ging, in den Krankensaal zurückkehrte, bemühte ich mich, an meinem neuen Werk weiterzuschreiben, aber ich fand es immer noch schwierig fortzufahren. Das war mir noch nie passiert: Im Zug war ich mit Recht zuversichtlich gewesen, sobald das Mädchen vor meinem geistigen Auge erschienen war. Und doch schien es jetzt so, als wäre ein Film angehalten worden, kurz nachdem er begonnen hatte. Das Mädchen und das Flattern ihres Kleides waren erstarrt, ihre Sorglosigkeit in einem willkürlichen Augenblick festgehalten. Gab es irgendeinen Gefährten, den mein kaputter Vorführapparat vor mir verheimlichte, irgendeine Figur, die darauf wartete, im Garten aus dem Schatten zu treten? Würde die Sorglosigkeit in Verzückung umschlagen? Würde sich eine Gardenie in das lange blonde Haar schmiegen? Ich wußte es nicht. Ich wußte weder etwas über die Freuden noch über die Sorgen des Mädchens; es war namenlos, es gab keine Einzelheiten aus seinem Leben, seine Herkunft war unbestimmt, es blieb offen, unter was für einem Stern es geboren war. Der Titel *Ein Meer von Tränen* schien so selbstverständlich mit dem Leid im Zug verbunden zu sein, daß er eine noch größere Verwirrung und Verständnislosigkeit bewirkte. Ich wurde mir eines Gefühls bewußt, das mich vor Entsetzen schaudern ließ, so als wäre mir alles, was ich bekommen hatte, entrissen worden. Dann sagte Quinty eines Tages:

»Sie könnten eine Weile bei uns wohnen, nicht wahr?«

Eine Woche vorher hatte der General gemurmelt, daß er die Rückkehr nach England schwierig finde und sich wünsche, sich dem nicht sofort stellen zu müssen. »Das mühsame Auf- und Abgehen«, sagte er. »Das Bett, der Gang, die Heiligenfigur an der Wand, der Balkon. Die Gesichter der Patienten, der Geruch von Äther. Man hat das Gefühl, daß das der Ort ist, wo man hingehört.«

Quinty war eindeutig darauf aus, aus dem Unglück Profit zu schlagen, aber ich hatte trotzdem nichts gegen seinen Vorschlag einzuwenden. »Sie würden es ruhig und friedlich finden«, sagte ich zu dem alten Mann. »Mein Haus liegt so hoch, daß es dort kühl ist. Manchmal weht ein leichter Wind über das Wasser des Lago Trasimeno.«

Er nickte, und dann bedankte er sich bei mir. Als er mich zwei Tage später danach fragte, erklärte ich ihm, daß wir es gewohnt waren, Gäste zu versorgen, daß wir viele Jahre lang durchreisende Touristen beherbergt hatten, wenn in den Hotels der Gegend keine Zimmer mehr frei gewesen waren.

»Ich bestehe darauf zu bezahlen«, entschied er freundlich. »Ich habe dem Mann gesagt, daß ich darauf bestehe, den Preis zu bezahlen, den Sie normalerweise berechnen.«

»Um all das kümmert er sich.«

Ich hatte schon rangniedrigere Offiziere der Armee kennengelernt, aber noch nie einen General. Er sah auch wie einer aus, schlank gebaut, das Haar eisenfarben, ein entschlossener Zug um den Mund, grauer Schnurrbart. Er war ein Mann mit Ausstrahlung, aber er war natürlich nicht mehr jung: knapp siebzig, schätzte ich.

»Ein oder zwei Wochen«, vereinbarte er mit unbestimmter Freundlichkeit. »Das wäre schön. Aber sind Sie sich sicher, Mrs. Delahunty? Ich möchte Ihnen in so einer Zeit nicht zur Last fallen.«

»Ich bin mir wirklich sicher.«

Otmar schlug das Angebot zunächst aus. Armer Junge, mit jedem Tag, der verging, wirkte er noch unglücklicher, und ich spürte, daß er noch weniger als der General wußte, wie er in die Welt zurückkehren sollte, mit der er vertraut war.

»Sie sind so gut zu mir.« Der Schmerz in seinen Augen hallte in seiner Stimme nach. Oft mußte ich, wenn ich mit ihm sprach, den Blick abwenden. »Aber das sollten Sie nicht. Ich hab kein Geld, um das zu bezahlen.«

Quinty kann das nicht gewußt haben, und ich beschloß, wenn nötig, Otmars Aufenthalt aus eigener Tasche zu bezahlen. Ich sagte, Geld spiele keine Rolle. Irgendwann später, wenn sich für ihn alles etwas beruhigt habe, könne er etwas bezahlen. »Wenn Sie wollen, Otmar, steht Ihnen mein Haus zur Verfügung.«

Der Arzt, der sich um das amerikanische Kind kümmerte, war ein gewisser Dr. Innocenti, ein kleiner Mann mit braunem Teint und Goldfüllungen in den Zähnen. Er sprach Englisch und hatte für die Fachärzte, die unmittelbarer mit dem General, Otmar und mir zu tun hatten, oft als Dolmetscher fungiert. Als er hörte, daß ich den anderen in meinem Haus Gastfreundschaft gewährte, kam er zu mir und dankte mir dafür.

»Das wird helfen«, sagte er. »Ich würde es verordnen.«

Er trug einen hellbraunen Anzug und eine rotgrün gestreifte Seidenkrawatte. Als ich sagte, daß auch das Kind in meinem Haus willkommen sei, schüttelte er skeptisch den Kopf. Da würde man die *Carabinieri* fragen müssen, erklärte er, da die Verantwortung für das Kind – weil es zur Zeit keinen Vormund habe – bei ihnen liege. »In Italien müssen wir immer Geduld haben«, sagte er. »Aber ich würde mir wirklich wünschen, daß das kleine Mädchen aus der Krankenhausatmosphäre herauskommt.«

»Erholt sie sich, Herr Doktor?«

Als Antwort hob er die schmalen Schultern in seinem gutgeschnittenen Anzug. Er gestikulierte mit den Händen und neigte den nußbraunen Kopf in die eine und dann in die andere Richtung.

»Langsam?« drängte ich.

Zu langsam, deutete er an, indem er sein hübsches Gesicht verzog: Es war nicht leicht. Im Augenblick war die Prognose nicht gut.

»Das Kind ist mehr als willkommen, wenn Sie glauben, daß es eine Hilfe wäre.«

»So Signor Quinty hat mir erklärt. Gibt keinen anderen Platz, Sie verstehen.« Er redete leise. Seine pechschwarzen Augen waren so sanft wie die eines Kätzchens. Fische, schätzte ich. »Ich werde mit den *Carabinieri* sprechen. Vielleicht geht es doch ohne Papierkrieg. Von Leuten umgeben zu sein, deren Sprache sie versteht, wird für Aimée von Vorteil sein.«

Später erfuhr ich, daß es ihm gelungen war, die *Carabinieri* zu überreden, seinen Wünschen zuzustimmen. Sie würden uns zwei- oder dreimal die Woche einen Besuch abstatten, um sich davon zu überzeugen, daß das Kind bei uns gut aufgehoben war, und um den amerikanischen Behörden davon Mitteilung machen zu können. Auch Dr. Innocenti würde uns regelmäßig einen Besuch abstatten; wenn bei dem Kind Anzeichen für eine Verschlechterung aufträten, würde man es sofort ins Krankenhaus zurückbringen. Aber er glaubte, daß die Klinikatmosphäre die Tragödie in der Erinnerung des Mädchens wachhielt und es daran hinderte, sich damit abzufinden.

»Sie sind großzügig, Signora. Ich habe Signor Quinty erklärt, Sie bekommen die Kosten erstattet, wenn die Person, nach der man in Amerika sucht, gefunden wurde. Meine Freunde bei den *Carabinieri* haben Grund zu der Annahme, daß das keine arme Familie ist.«

Wir wurden alle am selben Nachmittag entlassen, und während des ersten Abends in meinem Haus saßen wir um den getäfelten Tisch auf der Terrasse herum, der General zu meiner Rechten, Otmar auf der anderen Seite. Das Kind schlief bereits in seinem Bett.

Rosa Crevelli brachte uns Lasagne, Lammfleisch mit Rosmarin, Vino Nobile di Montepulciano und Pfirsiche. Ein Fremder wäre überrascht gewesen, uns zu sehen, mit unseren Bandagen und Pflastern, die wandelnden Verwundeten bei Tisch. Ich war die einzige, die keinen geliebten Menschen verloren hatte, da es keinen gab, den ich hätte verlieren können. Während ich darüber nachdachte, ging mir der Titel, der mir eingefallen war, im Kopf herum, goldene Buchstaben auf tiefschwarzem Grund. Ich sah ein Mädchen in Weiß durch einen Garten gehen, und erneut erstarrte das Bild.

3

Miss Alzapiedi, unsere Lehrerin an der Sonntagsschule, war äußerst groß und schlaksig, mit Haaren, die sie als gräßlich empfand, und noch anderen unvorteilhaften Merkmalen. Sie war es, die mir das Bild von Jesus auf einem Esel schenkte, damit ich es mir übers Bett hängte; sie war es, die mir beibrachte, wie man betet, wobei sie darauf hinwies, daß manche Menschen sich dem Gebet hingeben und manche nicht. »Bete um Liebe«, beschwor mich Miss Alzapiedi. »Bete um Beistand.«

So betete ich, bevor ich aus der Prince Albert Street 21 davonlief, um Beistand, weil ich wußte, daß ich welchen brauchen würde. Ich betete um Beistand, als ich in der Speisegaststätte und in dem Schuhgeschäft und auf der S.S. *Hamburg* arbeitete, und als Ernie Chubbs mich nach Idaho mitnahm, und später, als er mich in Ombubu sitzenließ. Obwohl ich versuchte, weltklug zu wirken, war es mir nicht peinlich niederzuknien, wie Miss Alzapiedi es uns beigebracht hatte, selbst wenn ein Gast im Raum war. Um ehrlich zu sein, ich knie nicht mehr nieder. Ich bete jetzt im Stehen oder im Sitzen, und ich flüstere dabei auch nicht mehr; ich bete in Gedanken.

Am Ende meines ersten Jahres in diesem Haus vollendete ich *Glück im September.* Ich schrieb den Roman nur zum Spaß, damit die Zeit verging. Als er fertig war, legte ich ihn in eine Schublade und fing eine andere Geschichte an, die ich diesmal *Flucht ins Paradies* nannte. Als ich dann eines Tages die Sachen eines Touristen durchsah, der hier wohnte, stieß ich auf einen Liebesroman, der nicht besser zu sein schien als mein eigener. Ich notierte mir die Verlagsadresse, packte später *Glück im September* ein und schickte ihn mit der Post nach England. Es vergingen so viele Monate, ohne daß ich eine Antwort erhielt, daß ich dachte, das Paket wäre verlorengegangen oder der Verlag hätte zugemacht. Dann, als ich schon die Hoffnung aufgegeben hatte, mein Manuskript jemals wiederzusehen, bekam ich es zurückgesandt. *Wir haben keinerlei Verwendung für einen derartigen Stoff*, lautete die schroffe, vorgedruckte Absage. Ich kannte keinen anderen Verleger, also schrieb ich weiter an *Flucht ins Paradies* und schickte ihn nach ungefähr einem Monat an dieselbe Adresse. Daraufhin wurde mir mitgeteilt, daß man mir das Werk nur dann zurücksenden würde, wenn ich vorher eine Zahlungsanweisung zur Begleichung des Portos schickte. Als diese Wunde verheilt war, schrieb ich ziemlich schnell eine weitere Geschichte zu Ende, und obwohl auch diese auf gleiche Weise abgelehnt wurde, verlor ich nicht den Mut. Immerhin konnte ich Trost in den Wandteppichen finden, die ich in aller Stille knüpfte. Sie entstanden aus dem Nichts, buchstäblich aus der Leere. Selbst damals staunte ich darüber.

Wir sind an Ihrem kleinen Roman interessiert. Ich konnte es kaum glauben, als ich diese simple, maschinengeschriebene Erklärung las, daß ich nicht schlief und träumte. Der Brief, kurz und bündig, war mit *J. A. Makers* unterzeichnet, und ich antwortete sogleich, voller Ungeduld, das zu erhalten, was dieser Makers »die Anregungen unserer Leser, um etwas mehr Dynamik in die Handlung zu bringen« nannte. Diese trafen innerhalb von vierzehn Tagen ein, eine Seite voller Ideen, die ich alle äußerst bereitwillig einarbeitete. Schließlich erhielt ich von J. A. Makers einen Brief voll überschwenglicher Komplimente. Inzwischen hatten viele andere seiner Angestellten das Werk gelesen; alle, ohne Ausnahme, waren überwältigt. *Wir sehen einer einträglichen Verbindung entgegen*, schloß Mr. Makers, und er sollte recht behalten. Aber als ich, nachdem ich den nächsten Titel vorgelegt hatte, wieder eine Liste mit »den Anregungen unserer Leser« erhielt, zerriß ich sie und wurde seitdem nie mehr damit belästigt. Diese Geschichte war *Ich schenk dir mein Herz.* Ihre Vorläufer, einst auf so verächtliche Weise abgelehnt, wurden in rascher Folge herausgebracht.

Manches davon erzählte ich dem General, um das Gespräch mit ihm in Gang zu halten. Ich wußte, daß Gespräche das waren, was er brauchte; andernfalls hätte ich ihn gern in Ruhe gelassen. Ich wollte mich gewissermaßen ein bißchen vorstellen, so daß ich ihn vielleicht bitten konnte, mir von seinem eigenen Leben zu erzählen.

»Wenn Sie Lust dazu haben«, setzte ich leise hinzu.

Er antwortete nicht sofort. Sein knorriger, grauhaariger Kopf war zwischen seine Schultern gesunken. Der *Daily Telegraph*, den Quinty ihm besorgt hatte, lag aufgeschlagen auf seinen Knien. Mein Blick fiel auf schaurige Schlagzeilen. Jemand hatte vor einem Laden ein Baby aus seinem Kinderwagen genommen und es im nahegelegenen Wald vergraben. Ein Zahnarzt hatte sich an seinen Patientinnen vergangen. Ein Bischof war in irgendwelchen anderen Schwierigkeiten.

»Manchmal hilft es, ein bißchen zu reden.«

»Was?«

»Nur, wenn Sie Lust dazu haben.«

Erneut trat Stille ein. Ich stellte ihn mir in seiner Glanzzeit vor, wie er seine Männer in die Schlacht führte. Ich schätzte, daß der Zweite Weltkrieg seine Zeit gewesen war. Ich sah ihn in der Wüste, ein junger Dachs, der jetzt alt geworden war.

»Sie leben allein, General?«

»Seit meine Frau gestorben ist.«

Sein Blick glitt über die unerfreulichen Schlagzeilen in der Zeitung. Da stand etwas über eine Handvoll Marmelade, die jemand nach dem Premierminister geworfen hatte.

»Nach unserer Rückkehr sollte sich alles ändern«, sagte er.

Ich lächelte ermutigend. Ich sagte kein Wort.

»Ich sollte bei meiner Tochter und ihrem Mann in Hampshire wohnen.«

Dann war er weit weg, und ich spürte, daß es ihm guttat. Nur ein Kind hatte er gehabt, die Tochter, von der er sprach, die verblühte Schönheit im Zug. »Verzieh sie nicht«, hatte seine Frau ihn gebeten, und er erzählte mir von einem Tag, an dem seine Tochter, mit sechs oder sieben, von einem Baum gefallen war. Er hatte sie ins Eßzimmer getragen und sie auf dem Sofa zugedeckt. Sie hatte kaum etwas gewogen. »Das ist Digby«, stellte sie Jahre später ihren Freund vor, während sie unter genau demselben Baum standen und alle vier Gin and French tranken.

»Ich mochte ihn einfach nicht«, gestand er mit schroffer Stimme, um die Scham zu überdecken, die sein Tod ausgelöst hatte. Ich erinnerte mich an die Höflichkeit des Trios im Zug, an das Gefühl von Gezwungenheit, von etwas Verborgenem. Ich wartete geduldig, während er in seinen Gedanken herumstöberte, und als er weitersprach, war die Schroffheit immer noch da. Wenn der Anschlag nicht stattgefunden hätte, hätte er weiterhin seine Meinung über den Mann, den seine Tochter geheiratet hatte, für sich behalten; das konnte man mühelos sehen.

Er sprach liebevoll von seiner Frau. Als sie starb, war er erleichtert, weil ihre Schmerzen vorbei waren. Ihr Tod war jetzt Teil seines Lebens, ein Tatbestand wie eine Blinddarmnarbe. Als ich wegschaute und den übriggebliebenen alten Körper aus meinen Gedanken verscheuchte, der irgendwo einen schwer zugänglichen Schrapnellsplitter barg, sah ich im Sonnenschein auf kurzem Rasen einen Orden an den Uniformrock eines jungen Mannes geheftet und die Arme eines Mädchens um den Hals eines Soldaten geschlungen. »O ja! O ja!« stimmte sie bereitwillig zu, als er ihr einen Heiratsantrag machte, und ihre Freudentränen benetzten das Leder eines Schulterstücks. Auf einen besseren Mann konnte man ewig warten, überlegte sie im stillen: Auch das erriet ich mühelos.

»Nein, ich habe ihn nie gemocht, und meine Frau war deswegen böse auf mich. Sie war als Mutter besser, als ich es jemals als Vater war.«

Wieder Schweigen. Wenn er bei dem Anschlag ums Leben gekommen wäre, wäre ihm in den englischen Zeitungen ein Nachruf von angemessener Länge gewidmet worden. Der Tod seiner Frau hatte zweifelsohne nicht so große Aufmerksamkeit erregt; der seiner Tochter und seines Schwiegersohns ebensowenig.

»Ich habe bezweifelt, daß ich mit ihm leben könnte. Aber das habe ich für mich behalten.«

»Ein Probelauf, Ihr gemeinsamer Urlaub? War es das?«

»Vielleicht.«

Ich lächelte und drängte ihn nicht. Er nahm an, daß es Eifersucht war. In diesem Urlaub war sie ihm stärker als je zuvor aufgefallen – in *Pensiones*, Kirchen und Kunstgalerien, wie sie jedes Gespräch durchdrungen hatte. Er verriet, daß seine Tochter keine Kinder gehabt hatte; seine Frau hatte das bedauert, er nicht.

»Haben Sie den *Telegraph* zu Ende gelesen, Sir?« Quinty zögerte, denn er wollte dem alten Mann die Zeitung nicht von den Knien nehmen. Rosa Crevelli stellte alles, was sie auf einem Tablett trug, auf den Tisch.

»Ja, ich habe ihn zu Ende gelesen.«

»Dann bringe ich ihn in die Küche, Sir, wenn Sie gestatten. Es gibt nichts, was mir besser gefällt als eine Stunde mit dem *Telegraph* in der Kühle des Abends. Wenn das Abendessen vorbei ist, ist der *Telegraph* sehr unterhaltsam.«

Ein Glas Zitronentee wurde auf einer Untertasse in Reichweite des Generals auf den Tisch gestellt. Rosa Crevelli nahm ihr Tablett. Quinty stand immer noch herum. Jetzt war er nicht mehr zu bremsen.

»Sir, ich erwähne das nur, damit Sie wissen, wo die Zeitung ist, falls Sie sie wiederhaben wollen.«

Der General nahm es zur Kenntnis. Quinty räusperte sich leise. Er erkundigte sich:

»Verfolgen Sie die Kricketergebnisse, Sir?«

Der General schüttelte den Kopf. Aber da er bemerkte, daß Quinty gespannt auf eine mündliche Erwiderung wartete, setzte er höflich hinzu, daß Kricket ihn nie besonders interessiert habe.

»Ich selbst verfolge alle Sportarten, Sir. Es gibt keine

Sportart, für die ich mich nicht interessiere. Eishockey. Baseball. Lacrosse, sowohl Herren als auch Damen. Ich habe mir auch schon Kanurennen angesehen.«

Der General nippte an seinem Tee. Auf einem Teller lagen kleine Kekse, *Ricciarelli.* Quinty bot ihm welche an. Er erwähnte das Boulespiel und erneut Kanurennen. Ich gab ihm ein Zeichen, bestrebt, ihm klarzumachen, daß seine Ausgelassenheit zwar harmlos, aber in einer Atmosphäre der Trauer fehl am Platze sei. Er schenkte meiner Geste keinerlei Beachtung.

»Um die Wahrheit zu sagen, Sir, ich sehe mir das alles nur im Fernsehen an. Ich habe nie bei einem Ballspiel mitgemacht. Ich bin nie über Kartenspielen hinausgekommen.«

Quintys Lächeln hat etwas Heuchlerisches, und jetzt lächelte er. War ihm bewußt, daß die Bemerkung über Karten Erinnerungen wecken würde – daran, wie der Engländer und er selbst im Café Rose am Ecktisch Poker spielten? Das ließ sich nicht sagen.

»Sein Benehmen ist leider etwas eigenwillig«, erklärte ich so gelassen wie möglich, als er das Zimmer verlassen hatte. Ein Tourist hatte mich einmal gefragt, ob bei Quinty eine Schraube locker sei, und soviel ich weiß, fragte sich der General dasselbe und war nur zu höflich, es in Worte zu kleiden. Zur weiteren Erklärung hätte ich kurz auf Quintys unglückliches Leben zu sprechen kommen können, darauf, wie er sich als Leiter einer Fabrik für Fleischextrakt ausgegeben hatte, um ein Au-pair-Mädchen zu beeindrucken. Ich hätte erzählen können, wie man ihn ein paar Kilometer außerhalb von Modena hatte am Straßenrand liegenlassen, wie er später in Ombubu aufgetaucht war. Ich hätte sogar gestehen können, daß Quinty mir einmal so leid getan hatte, daß ich ihn in die Arme genommen und ihm über den Kopf gestrichen hatte.

»So ist er eben«, sagte ich statt dessen, und kurz darauf kehrte Quinty zurück, fragte mich, ob er mir einen G and T einschenken solle, und sprach dabei so leise, als hätte er irgendeine Dreistigkeit ausgeheckt. Er wartete meine Antwort nicht ab, sondern schenkte, während er dort stand, den Drink ein. Halb Kind und halb Schurke, wie ich bereits gesagt habe.

Tief im Innern von etwas, das wie Gefieder aussah, flitzten eine Menge Kreaturen. Ihre Köpfe waren die von Menschen, Hände und Füße waren unförmig. In ihren Bewegungen lag etwas Ungestümes, so als kämpften sie gegen die Landschaft, in die sie gehörten, jenen Wald aus blassen Federn und seidig glänzendem Laub.

Eine Woche lang sah ich voll Beklommenheit zu, wie das Kind sich seine eigene Welt erschuf. Signora Bardini hatte ihm Buntstifte gekauft, als uns aufgefallen war, daß es angefangen hatte zu malen, und dann, in Farbe, wurde alles erschreckend lebendig. Münder würgten. Augen starrten voller Bestürzung. Katzen, so dünn wie Rasiermesser, suchten inmitten menschlicher Eingeweide nach Nahrung; Hunden und Pferden wurden Fleischstücke herausgerissen. Vögel lagen in ihrem Blut; Kaninchen wurden von Maden gefressen.

Manchmal blickte das Kind von seiner Arbeit auf und lächelte sogar leicht, so als gehörte die Verstörtheit zu seinen Bildern und nicht zu ihm. Sein Schweigen hielt an.

Otmars Mutter hatte, als sie noch lebte, geklöppelt. Er erzählte mir davon, und die ihm verbliebenen Finger strichen immer über irgendeine Fläche. Seine Mutter hatte das als erholsame Beschäftigung empfunden, ganz in die Feinheiten eines Musters vertieft. Er sprach viel über seine Mutter. Er schilderte ein schwach beleuchtetes Haus in einer deutschen Vorstadt, in dem die Möbel sich schwer und bedrohlich auftürmten und in einer Schale auf der Anrichte wachsbleiches Obst lag. Während ich seiner verlegenen Stimme lauschte, hörte ich auch die Uhr in dem mit Vorhängen ausgestatteten Eßzimmer ticken, sie war von zwei bronzenen Reiterfiguren flankiert. Es gab Schweinebrust und guten Rheinwein. »Guten Appetit!« rief Otmars Vater. Wie ich in Otmars Alter das Haus und die Familie, über die er sprach, geliebt hätte, den Apfelstrudel vor dem winterlichen Kamin!

»Madeleine«, sagte Otmar und sprach jetzt von dem Mädchen, das bei dem Anschlag gestorben war. Ich sagte ihm, sie hätte mich an eine berühmte Schauspielerin erinnert, Lilli Palmer, vielleicht vor seiner Zeit. Während ich sprach, erinnerte ich mich an eine verkratzte Kopie von *Ungeduld des Herzens*, die in den sechziger Jahren nach Ombubu gekommen war und da schon ziemlich altmodisch gewirkt hatte.

»Madeleine war auch Jüdin«, sagte Otmar, und ich begriff, daß ich mich mit der Annahme, daß er die Filmschauspielerin nicht kannte, geirrt hatte.

Sie waren auf dem Weg von Orvieto nach Mailand gewesen. Otmar wollte mit dem Zug nach Deutschland weiterfahren, Madeleine vom Flughafen Linata nach Israel fliegen, wo ihre Eltern lebten. Wochenlang hatten sie darüber geredet, ob sie ihren Vater wegen der Heirat um Erlaubnis fragen sollte oder nicht. Wenn er sie erteilte, würde er ihnen vielleicht auch Geld geben, um ihnen weiterzuhelfen, obwohl Otmar kein Jude war, was eine Enttäuschung sein würde. »Wenn der Tag kommt, an dem du heiraten willst, mußt du ihn um Erlaubnis fragen«, hatte Madeleines Mutter ihr vor Jahren nahegelegt. »Andernfalls wird er brüskiert sein.« Ihr Vater war vor fünf Jahren aus Deutschland nach Jerusalem gegangen und hatte sein Vermögen und seinen Geschäftssinn dem Land angeboten, das er als seine geistige Heimat ansah. Madeleine war noch nie dort gewesen, aber als sie schrieb, daß sie ihre Familie besuchen wollte, schickte ihr Vater ihr einen Scheck, dessen Großzügigkeit seine Freude widerspiegelte. »Also haben wir uns den teuren Zug geleistet«, erklärte Otmar. »Andernfalls hätten wir trampen müssen.«

Ich sagte nichts. Ich sagte nicht, daß es doch vernünftiger gewesen wäre, nach Rom zu fahren, da Rom von Orvieto nicht so weit entfernt ist wie Mailand. Das erinnerte mich daran, daß der General mir verraten hatte, daß er, seine Tochter und sein Schwiegersohn ursprünglich einen Tag früher fahren wollten, und daran, daß die Geschäftsleute und die Frau aus der Modebranche in den Speisewagen gegangen waren. Otmar redete weiter, von dem Mädchen und den Tagen vor dem Anschlag, davon, wie sie auf den Scheck gewartet hatten und wie er eingetroffen war. Im August hätten sie geheiratet.

»Der Kraut hat überhaupt kein Geld«, sagte Quinty scherzhaft. »Er haut uns übers Ohr.«

»Er hat mir erzählt, daß er kein Geld hat. Ich übernehme die Kosten.«

»Wir sind kein Wohlfahrtsinstitut, vergessen Sie das nicht.«

»Mir tun diese Menschen leid.«

Ich hätte Quinty daran erinnern können, daß auch er mir einmal leid getan hatte. Ich hätte ihn daran erinnern können, daß Rosa Crevelli mir leid getan hatte, als sie in mein Haus gekommen war, schlecht genährt und dünn wie Zwirnsfaden, mit abgebrochenen Fingernägeln. Auch die Katze, die einfach hereinspaziert war, hatte mir leid getan.

»Gott wird's Ihnen vergelten«, sagte Quinty.

In jenem Sommer schlug ich jeden Morgen um Viertel nach fünf die Augen auf und wünschte, es wären Vögel da, denen man lauschen könnte, aber der Sommer war zu weit fortgeschritten. Die Morgendämmerung ist trostlos ohne Vogelgezwitscher; und vielleicht fing ich deshalb damals wieder an, mir Gedanken über die Täter zu machen. Keine politische Gruppe hatte die Verantwortung übernommen, und die Polizei stellte die Theorie auf, daß wir vielleicht einem Wahnsinnigen zum Opfer gefallen waren. Natürlich versuchte ich, mir diesen erbärmlichen Menschen jetzt vorzustellen, gedeckt von einer Mutter, die immer geglaubt hatte, daß er eines Tages ein unvorstellbares Verbrechen begehen würde, oder sogar von einer Frau, die es nicht fertigbrachte, ihn zu verlassen. Was für ein Wahnsinniger oder Unmensch? Das fragte ich mich. Welche Form von Geisteskrankheit oder Bösartigkeit befiehlt jemandem, wildfremde Leute in einem Zug umzubringen? Am frühen Morgen suchte ich mir einen Mörder aus – den Wahnsinnigen, den Unbarmherzigen, den Verbitterten, den Gepeinigten, den Verachteten, den Rachsüchtigen. Wurden irgendwo bereits Witze darüber gemacht, daß sechs Menschen tot und vier verstümmelt worden waren, daß ein Kind Waise geworden und ihm sein Ich genommen worden war? Die Schnittwunden in meinem Gesicht und am Körper würden heilen und kaum eine Narbe hinterlassen: Das hatte man mir versichert, und ich bezweifelte es nicht. Aber in gewisser Hinsicht hatten weder ich noch einer von den anderen uns erholt, und ich fragte mich, ob es jemals dazu käme. Das Meer von Tränen aus meinem Buchtitel machte sich jetzt lustig über mich; ich verstand immer noch nichts und hatte das Gefühl, gescheitert zu sein.

In meinem Haus befanden wir uns in einer Art Niemandsland: Wir hatten das Gefühl zu warten, ohne im geringsten zu wissen, worauf wir warteten. Trauer, Schmerz, Verzweiflung, langes Schweigen, die reglosen Schatten des Todes, unsere persönlichen Alpträume: All das ertrugen wir gemeinsam, ohne den Trost gemeinsamer Erfahrungen. Sie hätten uns vielleicht als Gespenster bezeichnet, wenn Sie in jenem Sommer in meinem Haus in Umbrien zu Gast gewesen wären.

Die Polizei kam regelmäßig. Zwei *Carabinieri* blieben draußen beim Streifenwagen, während die Kriminalbeamten ihre Fragen stellten und uns Fotos von Verdächtigen zeigten. Signora Bardini brachte den Uniformierten Eistee nach draußen. Jeden Tag verbrachte Dr. Innocenti etwas Zeit mit dem Kind, doch er war so leise, wenn er sich im Haus aufhielt, daß wir seine Anwesenheit oft nicht bemerkten. Zeit, sagte er immer – wir müßten Vertrauen in die Zeit haben.

In meinem Arbeitszimmer machte ich den Schrank mit der Glasfront auf, in dem meine Werke aufgereiht stehen, und zeigte Aimée die wohltuend bunten Schutzumschläge in der Hoffnung, daß sie einen Einfluß auf die Stunden haben würden, die sie mit ihren Buntstiften verbrachte. Folgsam betrachtete sie die Bilder und nickte sogar dazu. Sie schlug auch ein oder zwei von den Büchern auf und schien kurz das Geschriebene zu lesen. Aber sie sprach immer noch nicht, und wenn sie in ihr Zimmer zurückkehrte, dann, um ein Bild voller Schrecken fertigzumalen, das noch erschütternder war als die vorhergehenden. »Sie hat einen gesunden Appetit«, betonte Dr. Innocenti beruhigend und schien dadurch Mut zu fassen.

Eines Nachts tat sich wenigstens etwas. Der amerikanische Beamte, der im Zusammenhang damit, daß das Kind Waise geworden war, mehrmals im Krankenhaus gewesen war, rief an. Er teilte Quinty mit, daß man einen Bruder von Aimées Mutter in Amerika ausfindig gemacht habe. Diesmal lag kein Irrtum vor. Dr. Innocenti hatte bereits mit dem Mann gesprochen.

»Ist das nicht eine gute Nachricht?« sagte ich am darauffolgenden Morgen zum General, während wir auf der Terrasse frühstückten.

»Nachricht? Wie bitte?«

»Man hat Aimées Onkel ausfindig gemacht.«

»Oh.«

»Sein Name ist Riversmith.«

»Ich habe in der Schule mal einen Riversmith gekannt.«

»Der hier ist Amerikaner.«

Der General hatte das Kind gern; ich hatte beobachtet, wie sich das entwickelt hatte. Aber es bereitete ihm

Schwierigkeiten, sich darauf zu konzentrieren, daß man ihren Onkel aufgespürt hatte, und im nachhinein verstehe ich, daß er nicht einmal an diesen Mann denken wollte. Das Gespräch plätscherte so dahin und entfernte sich immer mehr von dem Thema, das ich angeschnitten hatte. Er sprach von dem Dorf in den Cotswold Hills in der Nähe des Internats, das er erwähnt hatte, den warmen braunen Steinen, den kleinen Blumengärten. Er und seine Freunde konnten zu Fuß bis zum Dorf laufen, wo eine Frau – eine gewisse Mrs. Patch – ihnen in ihrem kleinen Speiseraum Tee servierte und sechs Pence für einen Tisch berechnete, an dem vier Personen Platz hatten. Mrs. Patch machte Salat-, Honig- und Sardinensandwiches; und es gab Rosinenbrötchen, auf denen die Butter schmolz, Bananenkuchen mit Schokoladenfüllung und so viel Tee, wie man wollte. Es war eine Tradition, der Fußweg zum Dorf, der kleine Speiseraum in dem Cottage, das Sechspennystück, das man auf die Tischdecke legte, und Mrs. Patch, die sagte, sie habe selber Söhne, die jetzt erwachsen seien. Wenn man mehr bezahlte – einen Shilling für einen Tisch für vier Personen –, und wenn man ihr rechtzeitig Bescheid sagte, dann bereitete Mrs. Patch Fisch zu.

Diese Erinnerungen aus vergangenen Zeiten gab er in einem Tonfall zum besten, der sich nicht groß veränderte. Jobson spielte die Orgel in der Kapelle. Er improvisierte, während alle in langen Kirchenbänken parallel zum Mittelgang standen und darauf warteten, daß die Lehrer zu ihren Plätzen hinter dem Chor schritten. Händel oder Bach tosten einem Höhepunkt entgegen, und dann herrschte nervöses Schweigen, bis der Schulleiter sie hereinführte. Manchmal verriet Jobson hinterher, was für

Fehler ihm unterlaufen waren, aber sie waren niemandem aufgefallen, weil Jobson seine Fehler während des Spiels geschickt zu verschleiern wußte. Jobson und der General waren von dem Augenblick an Freunde, als sie sich kennenlernten, am ersten Abend im Schlafsaal für die jüngeren Schüler.

Komisch, dachte ich, während ich zuhörte, wie das Gedächtnis eines alten Mannes in leidvollen Zeiten funktioniert! Komisch, das Treibgut, das hängenbleibt und an die Oberfläche kommt, um ihm behilflich zu sein: Mrs. Patchs muffiger Speiseraum, die Stimme eines Aufsichtsschülers, ein Becher, der in einen gemeinsamen Eimer Milch getaucht wird. Die Hausaufseher, sechs ältere Männer, rekelten sich in voller Pracht in der Kapelle, das Kinn auf eine Hand gestützt, einen Arm zurückgeworfen, schwarze Roben um die übereinandergeschlagenen Beine. Während er sprach, blieb der Blick des alten Mannes auf die fernen Berge gerichtet. Glocken, an die er sich erinnerte, hatten einen unterschiedlichen Klang: die Glocke der Kapelle, die Schulglocke, die Nachtglocke. Einmal war ein Zauberkünstler da, der Tricks mit Vögeln und mit Kaninchen vorführte. Jungen rauchten hinter einer Turnhalle. Regeln wurden gebrochen, aber niemand stahl. Es wurde als selbstverständlich betrachtet, daß man alles offen zugab, und wenn man erwischt wurde, erzählte man keine Lügen. An dieser Schule, bescheiden in eine karge Landschaft gestellt, sagte er, habe er gelernt, was Ehre sei. Erneut bemühte er sich zu lächeln, diesmal mit mehr Erfolg als im Krankenhaus.

»Crewe und McMichael gehen einem auf die Nerven«, vertraute er mir etwas später an, und einen Augenblick lang stellte ich mir vor, daß die zwei, von denen er sprach, genau wie Jobson Jungen an der Schule waren. Bei jedem von uns vieren wurde aus Verwirrung leicht Verlegenheit.

In Wirklichkeit bezog er sich auf Rechtsanwälte. Crewe und McMichael waren seine, Johnston Johnson die von seinem Schwiegersohn. Beide Kanzleien hatten ihm geschrieben. Nachdem sie ihm ihr Beileid ausgesprochen hatten, wandten sie sich jetzt Testamenten und Immobilien zu, Angelegenheiten, die sie in Ordnung gebracht hatten, irgendwelchen Gesetzesvorschriften. Besänftigend sagte ich:

»Vermutlich sehen sie das als ihre Pflicht an.«

Er nickte, fand sich halb damit ab und stellte eine solche Pflicht halb in Frage. Er sprach von dem leerstehenden Haus in Hampshire und von den Habseligkeiten seiner Tochter: Er erbte beides. Er sprach es nicht aus, aber ich wußte, daß er sich davor fürchtete, von einem Zimmer ins andere zu gehen und Schubladen und Schränkchen zu öffnen. Schmuckstücke waren aufgeführt worden, um sie den Kindern von Freunden zu schenken. In dem Brief von einem der Anwälte wurde pingelig darauf hingewiesen, daß Zweifel im Hinblick darauf angebracht sein könnten, welches welcher Gegenstand sei. Da waren auch noch die Besitztümer seines Schwiegersohns, seine Sammlung chinesischer Briefmarken, seine Fotos. Da waren die Kleider von beiden, die Bücher und Schallplatten. *Gegenstände persönlicher Natur,* hatte derselbe Anwalt geschrieben. *Wir werden zu gegebener Zeit auf Ihre diesbezüglichen Instruktionen angewiesen sein.*

»Eine Freundin Ihrer Tochter würde die Sachen bestimmt aussortieren.«

Er sagte, er wolle sich nicht vor dem drücken, was von ihm erwartet werde. Und doch wußte ich – denn es stand ihm ins Gesicht geschrieben –, daß ihn sein soldatischer Mut verließ, wahrscheinlich zum ersten Mal in seinem Leben. Er konnte es nicht ertragen, diese Kleider wiederzusehen, und auch nicht das Haus in Hampshire, wo er jetzt mit seiner Tochter und dem Mann, der ihm nichts bedeutet hatte, hätte leben können. Wie unwichtig diese leichte Abneigung ihm im nachhinein vorkam! Wie unwichtig, sich nicht mit einer Schwäche abgefunden zu haben! Sein Blick löste sich von den weit entfernten Bergen; müde Augen richteten sich ausdruckslos auf meine. War sein Herz von dieser Abneigung erfüllt gewesen, während er in Carrozza 219 an seiner Uhr herumgespielt hatte? Hatte sie ihm nicht einmal Ruhe gelassen, als der Tod eingetreten war?

»O mein Gott«, flüsterte er ohne Gefühlsregung.

Er unterdrückte die Tränen, die irgendwo in diesem jähen Ausruf verlorengegangen waren. Seine Macht über die Tröstung ließ nach, die Erinnerungen aus der Kindheit waren nutzlos. Ich ergriff seine Hand, legte sie in meine beiden und hielt sie fest. In diesem Augenblick hätte ich ihm alles gegeben, was er verlangt hätte.

»Niemand kann etwas dafür, wenn er jemanden nicht mag.« Ich flüsterte ebenfalls. »Denken Sie nicht länger darüber nach.«

»Die ganzen Jahre muß sie es geahnt haben. Die ganzen Jahre hindurch habe ich sie gekränkt.«

»Ihre Tochter hat viel zu vernünftig ausgesehen, um gekränkt zu sein, wenn das nicht beabsichtigt war.«

»Ich konnte sein Lachen nicht ausstehen.«

Ich stellte mir vor, wie seine Frau für ihren Schwiegersohn eintrat und sagte, daß er kein schlechter Kerl sei und daß nur das Glück ihrer Tochter zähle. Wie konnte es nur eine Rolle spielen, daß ihm sein Lachen auf die Nerven ging? »Benimm dich bloß«: Ihre Ermahnung klang entschlossen, obwohl sie dabei nie ärgerlich war. Sie konnte gut mit Menschen umgehen.

»Nein, das war nicht beabsichtigt«, sagte er. Er zog die Hand weg, aber ich wußte, daß er den Trost gespürt hatte, den ich ihm geben wollte. Seine Stimme hatte sich beruhigt. Er war nicht mehr so zusammengekauert; selbst im Sitzen hatte er seine militärische Haltung zurückgewonnen.

»Ich wünschte, sie würden alles einfach wegschaffen«, sagte er in besserer Stimmung.

»Vielleicht tun sie das.«

Ich lächelte ihn wieder an. Er brauchte eine Entschuldigung, einen Deckmantel für das, was er als Feigheit ansah. »Wenn du Kummer hast, dann verstell dich, meine Liebe«, rät Lady Daysmith in *Glück im September*, und ich verstellte mich jetzt und deutete an, daß sein Widerwillen dagegen, nach England zurückzukehren, vielleicht daher komme, daß England sich so sehr von dem Land unterschied, das es während seiner Zeit in den Cotswold Hills gewesen war. Touristen, mit denen ich gesprochen hatte, beklagten sich über Gewalt in den Straßen, über verfallene Städte und Habgier. Polizisten mit Schaftstiefeln sähen einen finster von Motorrädern herab an. In der Fernsehwerbung seien Leute mit derber Ausdrucksweise in Mode, die häufig geisteskrank zu sein schienen. Die Heckscheiben der Autos seien mit gehässigen Obszönitäten verziert.

»Das ist mir nie aufgefallen.« Er hielt sein Interesse nur einen Augenblick lang aufrecht. Er gestand, daß er nur selten fernsehe.

»Oh, man hat es mir versichert. Nicht einmal, sondern immer wieder. Rowdys geben im grünen und reizvollen England den Ton an. Die königliche Familie verkauft Käse, um damit Geld zu verdienen.«

Um ihn weiter abzulenken, flocht ich ein, daß es Ernie Chubbs gelungen sei, das königliche Patent auf die Sanitäranlagen zu erlangen, die er verkaufte, und daß es ein bißchen Theater gegeben habe, als man herausfand, daß er es ohne Genehmigung benutzte. Der General nickte, aber ich wußte, daß ich ihn verloren hatte: In ihren grauen Büros redeten die Anwälte bereits mit gespitztem Mund auf ihn ein. Er stand einsam und verlassen zwischen alten Büchern, Ordnern und versiegelten Urkunden in der Ablage für die Ausgänge. Der Mut eines ganzen Lebens löste sich schließlich in nichts auf.

»General, Sie können gerne so lange hierbleiben, wie Sie wollen. Sie sind damit nicht allein, wissen Sie?«

»Das ist sehr nett von Ihnen, Mrs. Delahunty.« Er hob den müden Kopf; erneut starrte er mir mit leerem Blick tief in die Augen. »Ich danke Ihnen sehr«, sagte der General.

Ein Gespräch mit Otmar verlief in gewisser Hinsicht ähnlich. Ich hatte mir gerade im *Salotto* eine Zigarette angezündet, als er hereinkam und sich auf seine zurückhaltende Art in einen Sessel neben der großen, weit geöffneten Terrassentür gleiten ließ. Ich lächelte ihm zu. »Man hat einen Onkel von Aimée ausfindig gemacht«, sagte ich. »Ist das nicht endlich eine gute Nachricht?«

»O ja.«

Er nickte mehrmals.

»Ja«, sagte er erneut.

Ich drängte ihn nicht; ich versuchte nicht, ihn in Begeisterung zu versetzen. Aber es war eine Tatsache, daß jetzt jemand Aimée lieben würde; und mit der Zeit würde Aimée auch selbst jemanden lieben. Ich sagte Otmar nicht, daß es im Leben eines Menschen Liebe geben müsse, daß niemand darauf verzichten könne, zu lieben oder geliebt zu werden. Ich sagte nicht, daß man uns die Liebe, ebenso wie eine Tochter und eine Freundin, genommen hatte. Ich sagte nicht, daß für mich die Liebe in einer Steilwandkurve gestorben sei. »Sie haben sich am Ende umgebracht«, erwiderte Mrs. Trice herzlos, als ich fragte. »Das ist bei einem so gefährlichen Beruf logisch.« Tausendmal habe ich das Dahinscheiden der Leute betrauert, die mich im Stich gelassen hatten, deren Motorrad über den Rand gerutscht war und den unzureichenden Schutz eines Holzgeländers durchbrochen hatte. Bis auf den heutigen Tag ist der Arm der Frau immer noch triumphierend zum Gruß erhoben. Immer noch flattert ihr ein rotes Taschentuch um den Mund, und die Maschine rast ins Nichts.

»Wo haben Sie so gut Englisch gelernt, Otmar?« Ich stellte ihm die Frage, nachdem ich ihm seinen Kaffee eingeschenkt hatte. Dabei sah ich ihm zu, wie er unbeholfen eine Brioche brach.

»Ich hab es in der Schule gelernt. Ich war nie in England oder Amerika.«

Mit einem Finger fuhr er auf dem Rand des Tellers hin und her, auf dem seine Kaffeetasse stand. Madeleine sei einmal in England gewesen, sagte er, und habe im Betrieb irgendeines Verwandten in Bournemouth gearbeitet. »Seidenschals. Anfangs war sie in der Fabrik, später dann im Verkauf.«

Einen Augenblick lang schien es so, als versuchte er, genau wie der General, die Tränen zurückzuhalten: Sein Blick wich meinem aus, als er von Madeleine sprach. Er tauchte die Brioche in seinen Kaffee, und ich sah zu, wie er sie aß. Auf eine weitere Frage antwortete er, er habe gehofft, Journalist zu werden. Deswegen waren er und Madeleine nach Italien gereist – weil er soviel über den Liebespaarmörder gehört hatte, der in Florenz als »die Bestie« bekannt war. Die Morde wurden nachts begangen, wenn Liebespaare in geparkten Autos miteinander schliefen. Otmar hatte eine Theorie dazu und wollte einen Artikel schreiben, in der Hoffnung, daß eine Münchner Zeitung ihn abdrucken würde. Einem Hinweis folgend fuhren sie nach Orvieto, und dort hatten sie dann beschlossen zu heiraten, obwohl Otmar keinen Pfennig besaß. Von Orvieto aus hatte Madeleine ihren Vater in Jerusalem angerufen.

»Zigarette?«

Er nahm sich eine und bedankte sich höflich. Er hatte den rechten Arm verloren. Die Kaffeetasse, die jetzt auf dem Tisch stand, wirkte in seiner linken Hand immer noch unnatürlich. Ich lächelte, damit er sich etwas wohler fühlte. Ich zündete mir und ihm die Zigarette an, und dabei streiften meine Finger seinen Handrücken. Ich sagte:

»Wie haben Sie sie kennengelernt?«

»In einem Supermarkt.«

Sie hatte nach einem Päckchen Kräuter gegriffen und dabei ein paar Gläser Senf umgestoßen. Er hatte ihr geholfen, sie wieder an ihren Platz zu stellen, und später an der

Kasse standen sie wieder zusammen. »Laß uns einen Kaffee trinken«, lud er ein, und sie gingen über den Parkplatz und die Straße zu einem Café. Das erinnerte mich an die Begegnung in *Die Blüten eines Sommers*, aber das behielt ich natürlich für mich.

»Das sind gute Zigaretten«, bemerkte Otmar, während er sich erhob. »Ich muß jetzt gehen«, sagte er und überließ mich meinen Gedanken.

So eine Liebesgeschichte hatte Madeleine in ihrem ganzen Leben noch nicht erlebt. Ich stellte mir vor, wie sie sich das sagte, während sie zusammen zu dem Café schlenderten und er aus Höflichkeit die Plastiktüte trug, in der sich ihre Lebensmittel aus dem Supermarkt befanden. In dem Café gestand er, daß er sie schon bei früheren Gelegenheiten gesehen habe, daß er sie schon oft gesehen habe. Er habe den richtigen Augenblick abgepaßt, gestand er und sprach voll Leidenschaft davon, wie hübsch sie sei, davon, wie sie ihm im Traum erschienen sei und wie er sich Gedanken über ihre Stimme gemacht habe. »Oh, ich bin überhaupt nicht hübsch«, widersprach sie, aber er nahm keine Notiz davon. Er sagte, daß er sie liebe, und verwendete damit das Wort, das der österreichische Elfenbeinschnitzer unaufhörlich auf den Lippen gehabt hatte. »Liebe«, sagte Otmar erneut, als sie wieder über den Parkplatz gingen. »Liebe.«

Madeleine konnte in jener Nacht nicht schlafen. Sie wälzte sich bis zum Morgengrauen hin und her. Auch wenn man ihr vorspiegeln konnte, daß sie hübsch war, so war das bei ihm nicht möglich. Er sah nicht gut aus, war sogar ein bißchen häßlich, überlegte sie. Aber das spielte alles keine Rolle. Nie zuvor hatte sie erlebt, daß ihr jemand etwas so leidenschaftlich beteuert hatte, nicht nur seine Liebe, sondern seine Anbetung.

»O Otmar, ich liebe dich«, sagte Madeleine genau einen Monat später.

Als Dr. Innocenti das nächste Mal kam, machte er Aimée Komplimente für ihre neuesten Zeichnungen und zog mich dann beiseite. Er sprach von ihrem Onkel, anscheinend einem Professor für irgendwas. Sie hatten ein ausführliches Gespräch am Telefon geführt.

»Ich habe *il professore* eindringlich gebeten, daß die Ruhe in Ihrem Haus noch eine Weile beibehalten werden sollte. Daß sie noch nicht in die Vereinigten Staaten zurückgebracht werden sollte.«

»Natürlich.«

»Im Augenblick lehne ich eine so lange Reise für das Kind ab.« Er hielt inne. »Ist für Sie ungelegen, Signora?«

»Aimée ist hier mehr als willkommen.«

»Sie sind großzügig, Signora.«

»Doktor, was ist Ihrer Meinung nach passiert?«

»Wie, Signora?«

»Was war der Grund für dieses Verbrechen? Die Polizei kommt immer noch her.«

Er zuckte auf seine ausdrucksvolle Art mit den Schultern, Augenbrauen und Lippen folgten dieser Bewegung, er spreizte die Hände zu einem Fragezeichen.

»Sie kommen immer noch, weil sie immer noch nichts wissen.« Er zuckte erneut mit den Schultern. »Niemand nimmt die Schuld auf sich.«

»Es muß einen Grund für so eine Tat geben. Irgendwo muß es den geben.«

»Signora, unsere *Carabinieri* befolgen bei allem die Taktik, Schweigen zu bewahren. Sie haben die Absicht, irgendeinen Dilettanten hervorzulocken, den ihr Spielchen in Aufregung versetzt.«

»Oder einen Wahnsinnigen. Ich habe gehört, daß man davon gesprochen hat.«

»Ein schlauer Wahnsinniger, Signora. Ein Paket, das niemandem von den Passagieren gehört, ins Gepäcknetz gelegt. Wir vermuten Terroristen, nicht Wahnsinnige, denke ich.«

»Aber wen von uns wollten sie umbringen? Das hier sind nur ganz gewöhnliche Leute.«

»Signora, wen wollten sie in Bologna umbringen? Angela Fresu, drei Jahre alt?«

4

Zum ersten Mal seit dem Anschlag ging ich wieder am frühen Morgen spazieren, auf den Straßen, die sich von Zeit zu Zeit in staubige weiße Wege verwandeln, zwischen Olivenbäumen und Ginster. Die Konturen der Berge in der Ferne wurden durch den Dunst, der den Himmel seiner Farbe beraubte, weicher. Winzige Wölkchen, gleich kunstvollen Pinselstrichen auf einem Gemälde, verweilten reglos über den Pinien und Zypressen, die so typisch für die umbrische Landschaft sind.

Ich machte mir Gedanken über den amerikanischen Professor. Als Name klang Riversmith gut, aber sonst sagte er mir nichts. Der Träger dieses Namens war der Bruder der blonden Frau mit den Grübchen aus dem Zug, was auf einen Mann in den Dreißigern hindeutete. Als ich über ihn nachdachte, wurde sein Gesicht ihrem ähnlich.

»*Buongiorno, Signora!*« grüßte mich eine alte Frau mit einem Bündel Holz auf dem Rücken. Weiter vorn schnitt ihr Mann mit einer Sichel das Gras am Straßenrand. Man begegnet nicht vielen Leuten auf den weißen Straßen; manchmal fährt ein junger Mann auf einem Motorrad vorbei; im Herbst kommen die Erntearbeiter wegen der Trauben, im November wegen der Oliven. Es war angenehm, wieder dort spazierenzugehen.

»*Buongiorno, Signora!*« rief ich zurück. Ich habe mich in der Sonntagsschule einmal schrecklich geirrt, als ich eine Frage beantwortete und sagte, daß Joseph Gott sei. Irgend jemand fing an zu kichern, und ich spürte, wie ich vor Verlegenheit rot wurde, aber Miss Alzapiedi sagte, nein, das sei ein Irrtum, der jedem unterlaufen könne. Miss Alzapiedis länglicher Brustkorb war flach wie ein Brett. Ob Sommer oder Winter, sie trug nie Strümpfe, und ihre weißen, spindeldürren Knöchel waren jedem Wetter ausgesetzt. Es erschien als eine normale Verwechslung zu sagen, daß Joseph Gott sei, da Joseph der Vater von Jesus und Gott ebenfalls der Vater war. »Natürlich«, nickte Miss Alzapiedi, und das Gekicher hörte auf.

Es kann gut sein, daß meine Erinnerungen an die Sonntagsschule genau das gleiche waren wie der Umstand, daß der General im Cottage von Mrs. Patch Tee trank und Otmar sich die Behaglichkeit seines Elternhauses ins Gedächtnis rief. Das war eine Art, mit sich ins reine zu kommen, in dem Durcheinander etwas zu finden, woran man sich festhalten konnte; ich könnte mir denken, daß das ganz natürlich ist. Während der Zeit in Miss Alzapiedis Sonntagsschule gab es für mich nur diesen einen unangenehmen Augenblick, bevor Miss Alzapiedi so gütig war einzuschreiten. Otmar erinnerte sich auf ähnliche Weise daran, wie man ihn getadelt hatte, weil er eine Dose Farbe umgekippt hatte, als die Maler gekommen waren, um die Wand im Treppenhaus und den Flur zu streichen, und noch einmal, als er aus der Schale auf der Anrichte einen Pfirsich gestohlen hatte. In dem Schlafsaal, von dem der alte Mann gesprochen hatte, mit seinen Reihen von Betten mit blauen Bettdecken und kleinen Jungen im Schlafanzug, hatte es einen Augenblick der Verlegenheit gegeben. Aber diese ehemals schrecklichen Momente waren jetzt angenehme Erinnerungen.

»Und sie breiteten Palmzweige vor den Beinen des Esels

aus«, erzählte Miss Alzapiedi, und während sie sprach, konnte man die Gestalt Jesu in seinen Gewändern, mit seinem langen Haar und seinem Bart mühelos vor sich sehen. Der Esel war ein heiliges Tier. »Ihr müßt nur das Kreuz auf dem Rücken eines jeden Esels beachten«, sagte Miss Alzapiedi. »Bitte beachtet euer ganzes Leben lang das schwarze Kreuz auf diesem heiligen Tier.«

Der General hatte seine Männer in die Schlachten der Welt geführt, aber immer war er zu dem Mädchen zurückgekehrt, dem er auf sonnenbeschienenem Rasen einen Heiratsantrag gemacht hatte und dessen Freudentränen das Leder seiner Uniform benetzt hatten. Er hatte nie eine andere Frau angeschaut. Inmitten des scherzhaften Geplänkels und der Kameraderie der Kasernen war sein Begehren nie abgeschweift, nicht ein einziges Mal, nicht einmal in der Hitze der Wüste, mit der Aussicht auf Beduinenfrauen nur ein oder zwei Tage entfernt. Seine glückliche Ehe war dem alten Mann in die Landkarte seines Gesichts geschrieben, eine simple Feststellung: daß zwei Menschen fast ein ganzes Leben lang eins gewesen waren.

»Ist das nicht viel besser?« sagte Otmars Mutter, als er zum ersten Mal eine Brille trug und eine Welt voll schemenhafter Gegenstände und verschwimmender Farben klare Konturen annahm. In der Praxis des Augenarztes konnte er die Buchstaben auf den Wandkarten nicht erkennen. Der Augenarzt hatte auch eine Brille und kleine rote Flecken in seinem fettigen Gesicht, auf der linken Seite, dicht neben der Nase. Als Otmar seine Mutter fragte, ob er die Brille jetzt immer tragen müsse, nickte sie, und auch der Augenarzt nickte. Als der Augenarzt lächelte, glänzten seine Zähne. Otmars Mutter trug einen Pelzmantel.

Es war Maria, die die Sache mit den Eseln ins Rollen brachte, weil sie den ganzen Weg zum Stall der Herberge auf einem ritt. Joseph ging neben ihr her, führte den Esel am Kopf und dachte über Zimmermannsarbeiten nach. Maria konnte die Gespräche der Engel verstehen. Joseph sägte Holz und hobelte es glatt. Er machte Türen und Kisten und übernahm Reparaturarbeiten. Bis zum heutigen Tag kann ich Josephs Sandalen und Jesu nackte Füße sehen, und wie die Frauen sie waschen. Bis zum heutigen Tag kann ich Jesus auf dem heiligen Esel auf dem Bild über meinem Bett sehen.

»Einzelne Bruchstücke ergeben ein ganzes Leben, meine Liebe«, sagt Lady Daysmith in *Glück im September.* Für den General liegen Leichen da, wo sie in den Sand gefallen sind, sonnenverbranntes Fleisch, das steif wird, Soldaten aus Rochester und Somerset. Für den General gibt es jene leisen Glocken in den Cotswold Hills, die dröhnende Orgel, geistliche Abendlieder. Es gibt die Schönheit der Jungfräulichkeit, die bewahrt wurde, um in der Hochzeitsnacht hingegeben zu werden; und Getränke unter jenem Baum, von dem das Kind gefallen war. »Liebster«, erwidert die innig geliebte Frau seine Gefühle. »Liebster, du bist so lieb zu mir.«

Für mich gibt es den teilnahmslosen Hund; die Feuchtigkeit des Strandes, die herannahenden Möwen. Es gibt die Suchscheinwerfer von Twentieth-Century Fox, das sanfte Gebrüll des Löwen, Western Electric Sound. In einem Zimmer nimmt ein Mann eine Beinprothese ab und hält inne, um den Stumpf zu massieren. Auf der anderen

Seite einer Straße blinkt ein Neonschild rot auf, dann grün, eine ganze halbvergessene Nacht hindurch. Zuallererst ist da eine zerbrochene Fußbodenfliese, bräunlich, glatt.

Warum liegt immer noch Angst in Otmars Augen, hinter den Brillengläsern? Ist da immer noch eine größere Qual, ein schreckliches Geheimnis? Im Supermarkt greift die Hand des Mädchens wieder in die Regale. Die tiefe Bewunderung auf dem Parkplatz und in dem Café ist eine gerade beginnende, vielversprechende Verzückung. *Liebe! Liebe!* Augen schließen sich, Finger berühren sich. Aber irgend etwas fehlt dabei; es gibt ein Geheimnis.

Jahre nach ihrer Zeit als Sonntagsschullehrerin wird Miss Alzapiedi zu Lady Daysmith – auf eine angemessene Größe gestutzt, mit Haaren, die nicht gräßlich sind, und einem Busen ausgestattet. Lady Daysmith ist natürlich alt, Miss Alzapiedi in der Sonntagsschule war kaum zwanzig. Aber ein einfaches Mädchen kann in Würde alt werden, warum denn nicht? »Mit Bruchstücken meine ich die Peepshow der Erinnerung«: Ich hatte seit mehr als einem Monat in meinem Haus gelebt, bis ich die Frau, die einmal das Mädchen in der Sonntagsschule gewesen war, das sagen ließ.

In der angenehmen Wärme jenes frühen Morgens blieb ich auf dem Weg stehen, der zu den Anhöhen hinter meinem Haus führte. Ich blickte auf das Haus zurück, und mir wurde in diesem Augenblick schmerzlich bewußt, daß die Böswilligkeit des Anschlags von uns Besitz ergriffen hatte, daß sie dem alten Mann so viel nahm, in Otmar Wurzeln schlug, das Kind krank machte. Dann schob ich all das beiseite und versuchte noch einmal, jedoch ohne

Erfolg, einen Anfang für *Ein Meer von Tränen* zu finden. Ich schlenderte noch ein bißchen weiter, bis ich schließlich umkehrte.

»Ich wollte hier schon immer einen Garten haben«, sagte ich eine knappe Stunde später auf der Terrasse zu Otmar. Wir rauchten gemeinsam. Ich fragte ihn, ob es beim Haus seiner Eltern einen Garten gegeben habe, und er sagte, ja, einen kleinen, nach hinten gelegenen Garten, der im Sommer schattig war, ein Ort, wohin man ein Buch mitnahm. Man konnte an seiner Art zu reden erkennen, daß seine Eltern nicht mehr am Leben waren. Ich weiß nicht, warum ich mich fragte, ob das irgend etwas mit der Angst zu tun hatte, die ihn quälte. Dennoch tat ich es.

»Wo ist das hier?« fragte das Kind plötzlich, eine Woche nach meinem ersten Spaziergang über die weißen Straßen. Es hatte auf dem Boden gelegen und war in eins seiner Bilder vertieft. Die Jalousien waren wegen der Hitze etwas heruntergelassen, aber im *Salotto* war genug Licht.

»Wo ist das hier?« fragte Aimée erneut.

Der General saß mit seiner Zeitung in der Nähe der Fenster. Otmar hatte gerade das Zimmer betreten. Keiner von beiden sprach ein Wort. Schließlich sagte ich:

»Du bist in meinem Haus, Aimée. Ich bin Mrs. Delahunty.«

Sie gab keine direkte Antwort, sondern sagte, ihre Mutter sei böse, weil sie sich im Garten gestritten hätten. Mädchen könnten nicht Räuber sein, darauf habe ihr Bruder Richard bestanden, weil er selbst der Räuber sein wollte. So als führte es ein Selbstgespräch, erklärte das Kind, daß es die alte Frau sein solle, die nicht die Kraft habe, sich aus ihrem Liegestuhl zu erheben, wenn der Räuber hereinkomme und frage, wo der Safe sei. Aber sie sei immer die alte Frau; alles, was sie zu tun habe, sei, einfach dazuliegen. Sie malte an dem Vorderbein eines Hundes weiter, der nicht mehr am Leben zu sein schien. Sie malte seinen eingefallenen Bauch aus. Sie und ihr Bruder hätten im Bahnhof auf dem Bahnsteig versucht zu erraten, was zwei Italiener gerade zueinander sagten. Die Frau von den beiden sei wütend gewesen. Der Mann hatte vergessen, in ihrem Haus die Fenster zuzumachen, vermutete Aimée.

»Ich schätze, das war es«, sagte ich.

»Die Frau war böse auf ihn.«

Es war schwer zu sagen, ob sie mir damit antwortete oder nicht. Sie runzelte ihre sommersprossige Stirn. Ihr flachsblondes Haar, das dem ihrer Mutter so ähnelte, hing ihr glatt den Rücken hinunter. Ihre Augen, die aufleuchteten, während sie sprach, erloschen wieder.

»Dein Onkel kommt, Aimée. Mr. Riversmith.«

Aber sie malte jetzt mit vielen Farben und strich mit den Buntstiften leicht über die mißgestalteten Beine und Rümpfe. Vor Konzentration streckte sie die Zungenspitze etwas heraus.

»Mr. Riversmith«, sagte ich erneut.

Es kam immer noch keine Antwort. Otmar verließ das Zimmer, und ich nahm an, er sei gegangen, um Quinty zu bitten, Dr. Innocenti zu rufen.

»Dein Onkel«, sagte der General.

Aimée sprach erneut, über ein anderes Spiel, das sie und ihr Bruder gespielt hatten, und dann brach sie genauso abrupt wieder ab. Sie sagte nichts mehr, aber diese paar Augenblicke der Kommunikation hatten eine große Wirkung sowohl auf den General als auch auf Otmar, und in gewisser Hinsicht auch auf mich. Dieser Funke hatte in uns irgend etwas entzündet; die kurze Veränderung rief eine Hoffnung hervor, die vorher nicht dagewesen war. Endlich gab es etwas Positives, das in der Gegenwart geschah. Endlich konnten wir aufhören, uns nur mit uns selbst zu beschäftigen.

Der General lächelte Aimée an, während sie dort auf dem Fußboden saß und wieder für uns verloren war. Aimée sei ein hübscher Name, sagte ich, da ich nicht wußte, was ich sonst sagen sollte. »Gott sei Dank dafür!« murmelte der General, direkt an mich gewandt.

»Ja, Gott sei Dank!«

Otmar kehrte ins Zimmer zurück und saß schweigend bei uns, und bald hörten wir Dr. Innocentis Wagen vorfahren. Wir brachen das Schweigen nicht, sondern lauschten dem Brummen des Motors, während der Wagen näherkam, bis die Reifen schließlich auf dem Kies draußen knirschten.

»*Coraggio!*« sagte Dr. Innocenti leise von der Tür her, ohne ganz ins Zimmer zu treten. »*Va meglio, vero.*«

Später sagte er voraus, daß Aimée jetzt Fortschritte machen würde, warnte uns aber, daß es auf dem Weg der Besserung zu Rückschlägen kommen könne. Das sei auch zu erwarten, da die Rückkehr zur Realität für ein Kind erschreckend sein könne: Man brauche nur daran zu denken, wie diese Realität aussehe, erklärte er. Er hoffe nur, daß Aimée nicht zu schwer mitgenommen sei. Er trug uns auf, wachsam zu sein.

Es folgten glückliche Tage und Wochen. Zaghaft formulierte ich es Dr. Innocenti gegenüber so, daß das Kind ein überlebender Jungvogel in einem geplünderten Nest sei und sein strahlendes Gesicht uns den Schmerz austreibe. Bestimmt würde sie die Schönheit, die ihr verheißen war und sich bereits in ihren Gesichtszügen zeigte, den in Stücke gerissenen Armen und Beinen in Carrozza 219, dem Blut, das immer noch von dem zerbrochenen Glas tropfte, der abgetrennten Hand, die wie zur Verzierung in der Luft hing, entgegenstellen. Ihr Geplapper stellte die Schuldgefühle des alten Mannes in Frage und ließ Otmar zuhören, als handelte es sich um weise Aussprüche. »Si, si«, wiederholte Dr. Innocenti mehrmals, hörte mich bis zum Ende an und schien gerührt.

Die Einheimischen schickten Geschenke, als sie hörten, daß einige Opfer des Anschlags in meinem Haus weilten – Blumen und Wein, Obst, *Panettone*. Die *Carabinieri* kamen jetzt seltener, ab und zu mal, um sicherzugehen, daß wir uns noch um Aimée kümmerten, dann gar nicht mehr, sie erkundigten sich statt dessen bei Dr. Innocenti. Einmal kam ich in die Küche und fand Signora Bardini weinend vor, ich dachte zuerst, sie habe Kummer, aber als sie den Kopf hob, sah ich, daß ihre feuchten Augen vor Freude funkelten. Natürlich war nicht zu erwarten, daß Quinty seine Gefühle so offen zeigte, aber Rosa Crevelli war ergriffen, da bin ich mir sicher. »Aimée! Aimée!« rief sie im ganzen Haus.

Vielleicht wurde Aimée für den General zu einer Tochter, mit der er noch einmal von vorn anfangen könnte. Vielleicht war sie für Otmar das Mädchen, das im Zug gestorben war. Ich weiß es nicht; ich kann es nicht beurteilen;

ich habe sie nie gefragt. Aber was mich betrifft, so kann ich ohne Vorbehalt behaupten, daß ich während dieser Zeit an dem Kind hing wie eine Mutter. Es genügte, sie mit ihren Buntstiften ausgestreckt auf dem Fußboden liegen, sie in der Nähe des Wagens aus Steinen ein kleines Bauwerk errichten oder Signora Bardinis Eistee trinken zu sehen. Aimée trieb zwischen hell und dunkel hin und her und blieb im Lauf dieser Wochen immer länger bei uns. Manchmal saß sie nahe bei mir auf der Terrasse, dann strich ich in der Kühle des Abends durch ihr schönes, dünnes Haar.

5

Das Telefon in meinem Haus klingelt leise, bleibt aber nie ungehört, weil es in der Diele, in der Küche und auch in meinem Arbeitszimmer einen Apparat gibt. Ich selbst war es, die in meinem Arbeitszimmer abhob, als schließlich Aimées Onkel anrief.

»Mrs. Delahunty?«

»Ja.«

»Mrs. Delahunty, hier spricht Thomas Riversmith.«

»Guten Tag, Mr. Riversmith.«

»Darf ich mich erkundigen, wie es Aimée geht?« Er klang so, als wäre ihm Streusand in die Stimmbänder geraten – eine gepreßte, unfreundliche Stimme, ungewöhnlich für einen Amerikaner.

»Aimée kehrt langsam zu uns zurück.«

»Sie spricht jetzt jeden Tag?«

»Seit dem Nachmittag, an dem sie damit begonnen hat, spricht sie weiter.«

»Ich habe oft mit ihrem Doktor gesprochen.« Er hielt inne und sagte dann mit unverhohlener Bemühung: »Mrs. Delahunty, ich will Ihnen sagen, daß ich zu schätzen weiß, was Sie für meine Nichte getan haben.«

»Ich habe nicht viel getan.«

»Darf ich Sie bitten, mir zu erzählen, was das Kind sagt, wenn es mit Ihnen spricht?«

»Zunächst einmal hat Aimée gefragt, wo sie ist. Mehrmals hat sie ihren Bruder namentlich erwähnt. Und hat davon gesprochen, daß ihre Mutter sie ausgeschimpft hat.«

»Ausgeschimpft?«
»So wie das bei jedem Kind vorkommt.«
»Ich verstehe.«
»Wenn Aimée nachts aufwacht, wenn sie einen Alptraum oder etwas Ähnliches hätte, dann würde man sie sofort vor Qual schreien hören. Otmar schläft bei offener Tür. Tagsüber ist immer jemand ganz in der Nähe.«
Zunächst kam keine Antwort. Dann: »Wer ist das, der bei offener Tür schläft?«
»Otmar. Ein Deutscher, Opfer des Anschlags. In meinem Haus ist auch ein englischer General, ebenfalls eins der Opfer.«
»Ich verstehe.«
»Es kommt uns allen seltsam vor.«
Dieser Bemerkung schenkte er keine Beachtung. Es entstand eine weitere Pause, so lang, daß ich schon dachte, wir seien unterbrochen worden. Aber die kratzige Stimme fuhr rechtzeitig fort:
»Dem Doktor scheint viel daran zu liegen, daß das Kind noch mehr Fortschritte macht, bevor ich komme und es nach Hause hole.«
»Aimée kann gern so lange bleiben wie nötig.«
»Tut mir leid. Das habe ich nicht verstanden.«
Ich wiederholte, was ich gesagt hatte. Dann, ganz förmlich, ohne daß seine Stimme sich entspannte und vielleicht verbindlicher geklungen hätte:
»Unsere Behörden haben Ihre informiert, daß ich natürlich die ganzen Aufwendungen bezahle. Nicht nur die Krankenhauskosten, sondern auch das, was Sie bekommen.«
Das hörte sich wie eine Rede an, so als würden viele

Menschen angesprochen. Ich erklärte ihm nicht, daß dafür Quinty zuständig war. Ich sagte gar nichts. Eine Frauenstimme im Hintergrund murmelte etwas, und Mr. Riversmith fragte – nachdem er vorher wegen irgendeiner Bemerkung nachgefragt hatte –, ob ich selbst mich völlig von der Tortur erholt habe. Die Aufforderung aus dem Hintergrund wurde wiederholt; der Mann gehorchte und sprach mir sein Mitgefühl aus. Er gestand, daß es ein furchtbarer Schock für ihn gewesen sei. Er hatte von so etwas gelesen, hätte aber nie geglaubt, daß er selbst direkt damit in Berührung kommen könnte. Man konnte bei jedem Wort, das er sagte, die Anstrengung hören, so als hätte er etwas dagegen, jemanden an seinen Gefühlen teilhaben lassen zu müssen, als wäre ihm alles, was so persönlich war wie ein Telefongespräch – selbst zwischen Fremden – ein Greuel.

»Das stimmt, Mr. Riversmith.«

Seine Förmlichkeit und sein Ernst machten mich kribbelig. Er war ein Mann, dem Small talk überhaupt nicht lag. Ich wußte, daß er während des ganzen Gesprächs nicht gelächelt hatte. Ich konnte spüren, daß es ihn nicht interessierte zu lächeln. Erneut dachte ich, daß er nichts von einem Amerikaner an sich hatte.

»Wenn Sie nichts dagegen haben, rufe ich wieder an, Mrs. Delahunty. Und vielleicht können wir einen Termin finden, der uns beiden angenehm ist.«

Er hinterließ für den Notfall eine Nummer, ohne zu fragen, ob ich einen Bleistift griffbereit hätte. Er hatte keine Kinder: Dr. Innocenti hatte mir das nicht gesagt, aber ich erriet es mühelos.

»Auf Wiederhören, Mr. Riversmith.«

Ich stellte mir vor, wie er den Hörer auf die Gabel zurücklegte und sich zu der Frau umwandte, die ihm bei dem Gespräch zur Seite gestanden hatte. Im Leben eines solchen Mannes gibt es immer eine Frau, die seine kleinen Unzulänglichkeiten bemäntelt.

»Der Mann ist nicht leicht zu nehmen«, sagte ich später zu Otmar und dem General – was ich für eine angemessene Bemerkung hielt. Ich gab so viel von dem Gespräch wieder, wie mir einfiel, und schilderte Thomas Riversmiths schroffes Wesen. Keiner von beiden erwiderte viel, aber ich spürte sofort ihre Sorge darüber, daß ein Mann, zu dem man sich schwerlich spontan hingezogen fühlen konnte, damit betraut werden sollte, sich um ein unter tragischen Umständen zur Waise gewordenes Kind zu kümmern. Wir wußten alle drei bereits, daß das verkehrt sein mußte.

Der General ging von jetzt an immer mit Hilfe eines Spazierstocks. Aber er ging leichtfüßiger als am Anfang. Mein Hals und meine linke Wange waren verheilt, und was man mir gesagt hatte, stimmte: Mit Make-up ließen sich die winzigen Narben mühelos verdecken. Inzwischen konnte Otmar sich seine Zigaretten selbst anzünden, indem er die Streichholzschachtel zwischen die Knie klemmte. Fleisch zu essen bereitete ihm Probleme, und einer von uns schnitt es ihm immer klein. Er würde wieder lernen müssen, Schreibmaschine zu schreiben, aber mit Geschick gelang es ihm, Patience zu spielen. »Solo?« fragte Aimée immer, wenn ein Spiel aufgegangen war, und nachdem sie ein paar Runden gespielt hatten, legte sie die Steine auf dem Damebrett zurecht. Es gab noch ein anderes Spiel, ein deutsches, das ich nicht verstand und das man mit Papierfetzen spielte.

Der alte Mann erzählte ihr Geschichten, nicht aus seiner Schulzeit, sondern etwas, das die Abenteuer betraf, die er als Soldat erlebt hatte. Sie saßen zusammen in der inneren Diele, er auf einem Stuhl mit Sprossen in der Rükkenlehne, sie auf einem mit Pfauenmuster bestickten Hocker. Er murmelte in die Stille eines Nachmittags hinein, während die Hausarbeit ruhte und der schwache Geruch von Putzmittel in der Luft lag. Sie entschieden sich für diesen Ort, weil es dort immer kühl ist.

Was mich betrifft, so starrte ich an all diesen Tagen auf die wenigen Worte, die ich seit dem Anschlag auf mein grünes Papier getippt hatte. Ich zählte sie – sechsunddreißig, mit dem Titel vierzig. Alles, was darauf hätte folgen sollen, war mir genommen worden, und inzwischen wußte ich, daß das der Verlust war, den ich neben den größeren Verlust einer Freundin, einer Tochter sowie eines Vaters, einer Mutter und eines Bruders zu stellen hatte.

Mein Arbeitszimmer, das zum Schreiben reserviert ist, ist ein kleiner, in Brauntönen gehaltener Raum mit schweren Vorhängen, die sowohl Hitze als auch Licht abhalten. Das kunstvolle Efeumuster der Tapete täuscht noch größere Kühle vor. Neben dem Schrank mit der Glasfront, in dem sich meine Werke befinden, stehen mein Schreibtisch, die Platte mit grünem Leder bezogen, und ein dazu passender Stuhl. Hier saß ich während jener Tage im Juni, meine schwarze Olympia ihrer Hülle entledigt, das Schreibmaschinenpapier zumeist leer. Ich konnte das Gesicht meiner Heldin nicht vor mir sehen, nicht einmal einen Namen für sie finden. Esmeralda? Deborah?

Ich konnte nicht die leiseste Andeutung einer Beziehung finden oder auch nur die Spur einer Geschichte, wie schemenhaft auch immer. Alles, was ich hatte, war immer noch das Rascheln eines weißen Kleides, einen winzigen Moment, bevor die zarte Erscheinung wieder verschwunden war.

»Anscheinend ein Gelehrter, dieser Mr. Riversmith«, bemerkte Quinty eines Abends nach dem Essen und unterbrach meine matten Bemühungen, indem er ein Glas Gin Tonic vor mich auf meinen Schreibtisch stellte. »Ich glaube nicht, daß ich schon einmal einen Professor kennengelernt habe.«

Das hatte ich auch nicht. Ich nippte an dem Drink, in der Hoffnung, daß er gehen würde. Aber Quinty tut nie das, was er tun soll.

»Der Doktor hat mir erzählt, daß Mr. Riversmith die kleine Aimée noch nie zu Gesicht bekommen hat. Hat er Ihnen das auch gesagt? Ein Bruch zwischen ihm und der verstorbenen Schwester?«

Ich schüttelte den Kopf. Rasch dankte ich ihm dafür, daß er mir den Drink gebracht hatte. Ich hatte ihn nicht darum gebeten. Eine von Quintys vielen Überzeugungen ist, daß er in solchen Angelegenheiten unweigerlich am besten Bescheid weiß.

»Was ich mir überlege, ist, wie seine Frau ein Kind willkommen heißen soll, das auch sie noch nie zu Gesicht bekommen hat?«

Erneut gab ich ihm zu verstehen, daß ich das nicht wisse. Ich deutete an, daß es für Mrs. Riversmith natürlich nicht leicht sei. Ich könne mir aber nicht vorstellen, daß sie das erwarte.

»Interessanter Mensch«, bemerkte Quinty. »Interessant, so jemanden kennenzulernen.«

Mir immer noch lästig, stand er da und spielte mit den Gegenständen auf meinem Schreibtisch herum. Die Täter würden sie jetzt nicht mehr finden, sagte er; das könne man vergessen. Sobald Riversmith komme, um das Kind abzuholen, würden auch der alte Mann und der Deutsche gehen. Das sei logisch; sie könnten nicht ewig dableiben; dann sei die ganze Sache vorbei. »Sie bezahlen die Rechnung des Deutschen, oder?«

»Das habe ich gesagt.«

Er lachte so, wie es seine Art war. »Gott wird's Ihnen im Himmel vergelten«, sagte er zum x-ten Mal, seit wir miteinander zu tun hatten. Das ist bei ihm nur so eine Redensart: Er glaubt nicht daran. Er weiß – obwohl wir nie darüber gesprochen haben –, daß das Haus ihm und Rosa Crevelli gehören wird, wenn ich sterbe. Was mir vergolten wird, hat damit nicht das geringste zu tun.

»Der Rest von uns wird in der Hölle braten«, sagte er, bevor er ging.

Mr. Riversmith rief wieder an; unser Gespräch verlief ähnlich. Ich berichtete ihm von den stetigen Fortschritten seiner Nichte, davon, was sie an diesem Tag getan, was sie gesagt hatte. Als es nichts mehr zu sagen gab, war das Gespräch zu Ende. Es entstand eine Pause, ein Husten war zu hören, die Stimme der Frau im Hintergrund, ein schroffes Wort zum Abschied.

Ein paar Tage später rief er ein drittes Mal an. Er habe weitere Gespräche mit Dr. Innocenti geführt, sagte er; er schlug einen Termin – in einer Woche – für seine Ankunft in meinem Haus vor. Es herrschte die gleiche prickelnde Atmosphäre, und es kam zu der gleichen einfallslosen Pause, bis er es über sich brachte, sich zu verabschieden. Ich goß mir einen Drink ein und ging damit auf die Terrasse hinaus. Das verkrampfte Gespräch hallte nach; ich beobachtete, wie die Glühwürmchen in der Dunkelheit aufleuchteten. Wie würde diese Frau wirklich auf die Ankunft eines Kindes reagieren, das ihr völlig fremd war? Wie war diese Frau? Bei jemandem, der nicht so unterkühlt war, hätte man das Thema, wie es für die beiden sein würde, am Telefon zur Sprache bringen können. Thomas Riversmith hörte sich viel älter an als seine Schwester. Steinbock, hatte ich nach unserem ersten Gespräch getippt. Steinböcke sind oft verkrampft.

Ich zündete mir auf der Terrasse eine Zigarette an. Dann begann das Kind ganz ohne Vorwarnung zu schreien. Es war das schrecklichste Geräusch, das ich je gehört habe, und es zerriß die Abendruhe auf gräßliche Weise.

6

Dr. Innocenti kam sofort. Er war ruhig und besänftigte mit seiner Ruhe unsere Angst. Er gab Aimée für den Moment ein Beruhigungsmittel und warnte uns, daß die Wirkung nicht lange anhalten würde. Er vertrat von Anfang an die Meinung, daß es nicht nötig sei, sie wieder ins Krankenhaus zu bringen, daß man damit nichts erreiche. Aufgrund seiner Kraft und seiner Gelassenheit konnte ich ihn an ihr Bett begleiten; danach saß er mit mir im *Salotto* und trank ein Glas Mineralwasser. Er wollte in Hörweite sein, wenn Aimée aus ihrem Schlaf erwachte, da sie sich jedesmal immer mehr wie in einem Alptraum vorkommen würde.

»Sie verstehen, Signora? Das Gegenteil davon, wenn man aus einem bösen Traum erwacht. Für dieses Kind fängt dann so ein Traum an.«

Wir kehrten gemeinsam an ihr Bett zurück, als sie wieder zu schreien anfing, aber Dr. Innocenti verabreichte ihr das Mittel nicht sofort. Aimée schluchzte, als die Schreie sie ermüdet hatten, und ein schrecklicher Schüttelfrost schien ihren kleinen Körper zu zerreißen, während sie den Kopf auf dem Kissen hin und her warf. Ich bat ihn inständig, dem ein Ende zu machen.

»Wir verstehen, Aimée«, murmelte er statt dessen in gelassenem Tonfall. »Hier sind deine Freunde.«

Das Kind schenkte dem Mitgefühl keine Beachtung. Seine Augen waren weit aufgerissen, wie die einer Wahnsinnigen. Endlich bekam es noch ein Beruhigungsmittel.

»Sie wird jetzt bis zum Morgen schlafen«, versprach der

Doktor, »und dann für kurze Zeit etwas benommen sein. Vor einer weiteren Krise werde ich hier sein.«

Aus der Diele rief er Thomas Riversmith an, um ihn von der Entwicklung in Kenntnis zu setzen. »Darf ich Sie eindringlich bitten, Ihre Reise zu verschieben, Signore?« hörte ich ihn sagen. »Um vielleicht drei Wochen? Vier? Nicht leicht zu sagen jetzt.«

Es war unmöglich, zu Dr. Innocenti kein Vertrauen zu haben. All seine Vorhersagen traten wie selbstverständlich ein, so als stünde er in Einverständnis mit der Natur. In seinen Gesichtszügen lag Mitgefühl, ja sogar in seiner Art, sich zu bewegen, und doch behinderte ihn das nie. Mitleid kann einem schaden, das weiß ich gut.

In dieser Nacht war seine Anwesenheit in meinem Haus wie ein Wunder. Es wirkte sich auf Otmar und den General aus: Ohne ein Wort zu sagen, gingen sie, so als wären sie nur bestrebt, hilfsbereit zu sein, in ihre Zimmer und schlossen die Tür. Ich allein wünschte dem Doktor eine gute Nacht und sah zu, wie die kleinen roten Rücklichter seines Wagens sich in die Dunkelheit davonstahlen und noch lange, nachdem das Geräusch des Motors verklungen war, leuchteten.

»Sehr beachtlich, der Doktor«, bemerkte Quinty in der Diele und versuchte selbst unter diesen unglücklichen Umständen witzig zu sein, oder wie auch immer er es genannt hätte.

»Ja, sehr.«

»Von ganz anderem Schlag als ein bestimmter Arzt, der besser ungenannt bleibt, oder?«

Er bezog sich auf den Arzt, der Stammgast im Café Rose gewesen war, ein Mann, von dem es hieß, er wiege einhundertfünfzig Kilo, dessen gewaltiger Bauch über den Gürtel seiner Hose hing und dessen Brust wie die einer Frau aussah. Seine großen, in Sandalen steckenden Füße bewegten sich mit schlurfenden oder polternden Schritten; seine dicken Lippen glichen rosigem Wabbelspeck und waren leicht geöffnet; seine Schweinsäuglein starrten einen an. »Wir könnten es doch probieren«, schlug er mir einmal vor, und ich bin mir sicher, daß Quinty davon gewußt hat. Ich bin mir sicher, daß man später am Kartentisch schallend über den Antrag gelacht hat.

»Also dann, gute Nacht«, sagte Quinty noch. »Ich denke, es ist für uns alle am besten, daß der Onkel kommt.«

»Gute Nacht, Quinty.«

Ich konnte nicht schlafen. Ich konnte nicht einmal die Augen schließen. Ich versuchte, nicht an den Klang jener Schreie zu denken, jenes hohe, schrille Kreischen, das mir durch Mark und Bein gegangen war. Statt dessen lenkte ich meine Gedanken auf den fettleibigen Arzt, den Quinty günstigerweise ans Licht gezerrt hatte. Man wäre nie darauf gekommen, daß er Arzt war, er wirkte eher wie jemand, der Löcher in die Straße bohrte. Doch als ein älterer Farmer in einem der oberen Räume des Cafés einen Herzanfall erlitt, schien er zu wissen, was zu tun war, und bei den Eingeborenen wurde viel über seine Heilkunst gesprochen.

Fest entschlossen, nicht über die unmittelbare Vergangenheit nachzudenken, sah ich wieder, wie schon auf meinem frühmorgendlichen Spaziergang, lebhaft vor mir, wie die Hand von Otmars Freundin nach den Kräutern im Supermarkt griff; ich sah den General und seine innig geliebte Frau. »Ich setze mich mit Sergeant Beeds in Verbindung«, rief Mrs. Trice an dem Tag, an dem sie früher aus der Wäscherei zurückkam. »Wenn du noch einmal Hand an sie legst, dann findest du dich in Handschellen wieder.« Der Mann, den ich einmal für meinen Vater gehalten hatte, tobte und flehte sie dann an, wobei er irgendwelches Geschwätz von sich gab.

Die ganze Nacht über waren meine Gedanken von Erinnerungen und Träumen erfüllt, ein Wirrwarr aus Einbildung und Realität, das nicht mehr aufhörte. »Bitte«, bat Madeleine, und Otmar zog mit seinen Habseligkeiten in ihre Wohnung. Wenn sie bei der Arbeit war, trank er jede Menge Kaffee, rauchte und tippte auf der Schreibmaschine die Artikel, die er den Zeitungen anbot. Madeleine bereitete für ihn Moussaka und Hühnereintopf zu, und einmal fuhren sie nach Belgien, weil er von einer Begebenheit gehört hatte, die seiner Überzeugung nach den Stoff für einen Zeitungsbericht liefern würde: wie ein junger Mann nach dem Wehrdienst geschickt die Stelle eines Sohnes belgischer Eltern eingenommen hatte.

»Damit man ihr nicht unter den Rock gucken kann«, sagte ein Junge, bei dem irgendwas nicht stimmte, aber niemand glaubte, daß das der Grund dafür war, daß Miss Alzapiedi lange Kleider trug. Miss Alzapiedi wußte nicht einmal, daß es Leute gab, die einem unter den Rock guckten. »Wenn ihr die Augen zumacht, könnt ihr Jesu Liebe *spüren*«, sagte Miss Alzapiedi. »Versprecht mir jetzt: Wo auch immer ihr seid in eurem Leben, nehmt euch die Zeit, Jesu Liebe zu spüren.« Niemand konnte den Jungen, bei dem irgendwas nicht stimmte, leiden. Wenn er blöd grinste, mußte man den Blick abwenden. Die Mädchen zogen ihn an den Haaren, sobald er pupste und Miss Alzapiedi nicht hinschaute.

»Ah, wie geht's dir?« begrüßte der General seinen Möchtegern-Schwiegersohn unter dem Baum, von dem ich schon gehört hatte. Die Drinks standen auf einem weißen Tisch zwischen den Liegestühlen, fertig gemixter Martini mit Eis und Zitrone in einem großen Glaskrug. »Ich freue mich sehr«, sagte seine Frau, und er beobachtete das Gesicht des Verlobten seiner Tochter, das, die Lippen halb geöffnet, zum Dank artig Lachfältchen bekam. Die Intimität des Küssens, dachte er, feucht und sinnlich. Ihm drehte sich der Magen um; er wandte sich ab. »Ich freue mich sehr«, hörte er erneut.

Der Flieger, der Botschaften in den Himmel schrieb, wollte mich vor dem fettleibigen Arzt heiraten. Er hatte sich aus der Himmelsschreiberbranche schon zurückgezogen, als ich ihn kennenlernte, aber er sprach im Café Rose oft davon und wiederholte die Botschaft, die er hingetupft und für die er unzählige Male hoch über Afrika seine Schleifen gedreht hatte: *Trinkt Baileys Bier.* Probleme mit den Ohren hatten ihn dazu gezwungen, den Beruf aufzugeben, aber eines Tages riskierte er sein Leben und flog noch einmal. »Schau, Missy!« rief Poor Boy Abraham ganz aufgeregt und zog mich aus dem Café hinaus auf den Platz, wo die Lastwagen parkten. »Schau doch! Schau!« Und dort standen wie aus Rasierschaum mein Name und etwas, das als Kompliment gemeint war, am Himmel. Ein winziges Flugzeug, nicht zu hören von da, wo wir standen, malte die letzten paar Buchstaben und schmierte dann einen Zickzackschnörkel hin. »Oh, ist das schön!« rief Poor

Boy Abraham, während wir zusahen. »Ach, *du meine Güte*, ist das schön!« Glücklicherweise konnte Poor Boy Abraham nicht lesen.

»Er hat vergessen, die Fenster zuzumachen«, wiederholte Aimée in entschiedenem Ton auf dem Bahnhof. Die Italienerin war wütend und kurz davor, mit dem Fuß aufzustampfen; der Mann war kleiner als sie und hatte Pomade im schwarzen Haar, das zurückgekämmt war. »Wahrscheinlich hat er eher irgendwas angelassen«, vermutete Aimées Bruder. »Vielleicht den Herd.« Aimée war anderer Meinung, aber dann fuhr der Zug ein und sie mußten Carrozza 219 finden. Als der Zug sich wieder in Bewegung setzte, blickte Aimée auf die Sonnenblumenfelder hinaus, auf die Reihen grüner Weinstöcke und die heißen kleinen Bahnhöfe. Sie starrte den blassen Himmel an, aus dem das ganze Blau ausgebleicht war. Einige der Felder wurden mit Wasser besprüht, das aus einer sich ständig drehenden Düse hervorschoß. In weiter Ferne sah man Berge mit Gruppen von Bäumen darauf. »Zypressen«, sagte ihr Vater, während die Glocke des Speisewagenschaffners bimmelte und die Geschäftsleute und die Frau aus der Modebranche sich erhoben. Die Frau hätte den Herd selber ausgemacht, flüsterte Aimée, und ihr Bruder drehte sich mürrisch von ihr weg. »Hört auf mit diesem dummen Streit«, rügte ihre Mutter.

»Nein, natürlich macht mir das nichts aus«, sagte Madeleine, als Otmar fragte, ob seine Freunde in die Wohnung kommen dürften, wenn sie nicht da war. Seine Freunde waren empfindsame junge Leute, Studenten oder arbeitslos, eins von ihnen ein Mädchen, auf das Madeleine eifersüchtig war. Als Otmar und Madeleine in Italien waren, kamen zwei von ihnen auf sie zu, während sie vor einem Café in der Sonne saßen. Sie nannten Otmar den Namen eines billigen Restaurants, aber später verlor er den Zettel, auf dem er ihn aufgeschrieben hatte. »Guck mal, da sind deine Freunde«, sagte Madeleine ein paar Tage später und deutete dahin, wo sie mit zwei anderen Männern an einem Cafétisch saßen, aber Otmar wollte sich nicht zu ihnen setzen, obwohl sie ihm noch einmal den Namen des Restaurants hätten sagen können.

»Cola mit Rum«, bestellte Ernie Chubbs im Al Fresco Club, und die Asiatin brachte es schnell und strahlte ihn an, wie sie es bei allen Gästen tat. In meinen Drink gossen sie keinen Rum, obwohl Ernie dafür bezahlte. Das taten sie im Al Fresco nie, denn ein Mädchen könnte sonstwo landen, wenn sie nicht nüchtern bliebe. »Also dann, meine Hübsche«, sagte Ernie Chubbs in unserer Ecke. Ich konnte sein Gesicht nicht sehen, ich wußte nicht, wie es aussah, weil es da, wo wir saßen, dunkel war, und ich es auf der Straße nur flüchtig gesehen hatte. »Bist du oft hier, Schätzchen?« fragte er mich im Plauderton.

Die besten weißen Titten Afrikas! stand am Himmel geschrieben, aber in meinem Traum war es anders. *Angela Fresu, drei Jahre alt,* stand da, genau wie in Bologna in Marmor.

Als ich das nächste Mal aufwachte, lag ein dämmriges Licht im Zimmer. Ich griff nach einer Zigarette, zündete sie an und schloß die Augen. »Ich werde dich lieben«, sagt Jason in *Für immer und ewig,* »bis die Blumen nicht mehr duften und die Meere ohne Salz sind.« Aber Jason und Maggie sind anders als die Leute, denen ich in der Nacht

Gesellschaft geleistet habe. Man kann mit Jason und Maggie spielen, man kann ändern, was man ändern will, man kann dafür sorgen, daß sie tun, was man ihnen sagt.

An dieser Stelle muß ich abschweifen. Um einen Liebesroman zu verfassen, bedarf es einer Reihe von Gegebenheiten und innerhalb dieser Gegebenheiten einer Anzahl von Figuren. Als Hauptfiguren hat man zum Beispiel Jason und Maggie, Maggies egozentrische Schwester und Jasons wohlhabenden Onkel Cedric. Die Gegebenheiten sind, daß Jason und Maggie einen Reitstall aufmachen wollen, aber nur sehr wenig Geld haben. Maggies Schwester will Jason für sich haben, und Jasons Onkel Cedric sichert dem Paar ein ansehnliches Einkommen zu, wenn Jason sich einverstanden erklärt, in den Familienbetrieb einzusteigen, in dem Nieten für Eisenträger hergestellt werden. Man muß auch für interessante Schauplätze sorgen – in diesem Falle die alte Mühle, die einen idealen Stall abgeben würde, die sanften Hügel, an denen die Pferde trainiert werden könnten, und weit entfernt – düster und trist – die Gießerei der Familie. Man braucht dramatische Ereignisse: die Aufdeckung der Intrigen von Maggies Schwester, der wütende Streit innerhalb der Familie, als Jason sich weigert, sich den Wünschen seines Onkels zu unterwerfen. Nichts davon nützt etwas, wenn die Menschen für einen nicht wirklich sind, während man schreibt.

Am frühen Morgen nach jener unruhigen Nacht kam es mir so vor, als wäre die einzige Geschichte, die sich mir bot, die jenes verstreichenden Sommers. Die Gegebenheiten waren die, die auf eine Tragödie folgten, die Figuren die, die meine Träume bevölkert hatten, und die Schauplätze erraten Sie wohl. *Ein Meer von Tränen* war nur ein Arbeitstitel, und ich verwarf ihn an jenem Morgen. Alles, wovon ich geträumt hatte, war das Chaos, in das auf die eine oder andere Art Ordnung gebracht werden mußte. Beim Geschichtenerzählen, ob Liebesgeschichten oder andere, ist alles vom Zufall bestimmt, und der Umstand, daß die Wirklichkeit hineinspielte, schien keinen großen Unterschied zu machen.

Ich betete, rauchte dann meine Zigarette zu Ende und stand kurz danach auf. Ich ging in der morgendlichen Kühle in meinem Haus herum und genoß die Ruhe und das beinahe unheimliche Gefühl, das mich erfüllte: Die Inspiration, oder wie auch immer Sie es nennen wollen, hatte mich noch nie zuvor auf eine so seltsame Art überkommen. Ich goß mir etwas Tonic water ein und gab nur eine Spur von dem anderen dazu, um es etwas zu beleben. Es kam mir wie Begriffsstutzigkeit vor, daß ich nicht erkannt hatte, daß das Mädchen in dem weißen Kleid Aimée war.

7

Aimée war ruhig, als sie erwachte, aber während der folgenden Tage kam es zu weiteren Rückfällen, obwohl glücklicherweise keiner so beunruhigend war wie der erste. Die Anreise ihres Onkels aus Amerika wurde erneut verschoben, um ihr noch Zeit zu lassen, sich zu erholen. Aber dennoch war Dr. Innocenti optimistisch.

Wir – der General, Otmar und ich – machten uns natürlich Sorgen, und jeder Tag, der ohne Zwischenfälle verging, kam uns wie ein Sieg vor. Und für mich gab es einen weiteren kleinen Anlaß zur Freude, ein Blitz aus heiterem Himmel, wie ich noch keinen angenehmeren erlebt hatte. Da ich es mir jetzt ins Gedächtnis zurückrufe, fällt mir als Vorrede ein, daß zufällig mitangehörte Gespräche nicht immer willkommene Wahrheiten zutage fördern. »Geh weiter, meine Liebe, denn du wirst nichts Gutes hören«, rät Lady Daysmith in *Glück im September*, aber natürlich ist es nicht immer so. Als ich eines Abends an der Tür des *Salotto* stehenblieb, hörte ich zufällig mit an, wie Otmar und der General sich stockend unterhielten.

»Ja, sie hat davon gesprochen«, sagte der alte Mann gerade, und da blieb ich stehen, denn ich spürte, daß von mir die Rede war, und wer kann schon der Versuchung widerstehen, unter solchen Umständen einen Augenblick lang zu lauschen?

»Ich würde die Gelegenheit nutzen«, sagte Otmar, »um meine Schulden bei ihr zu bezahlen.«

Seine Frau habe sich sehr gut ausgekannt, sagte der alte

Mann als nächstes, speziell, was die Anpflanzung der Fritillaria betreffe. Otmar verstand den Begriff nicht; es folgte eine Erklärung, bei der die Pflanze beschrieben wurde. Der Name komme aus dem Lateinischen: *fritillus* heiße Würfelbecher. »Sie hat sich schon immer für die Herkunft von Pflanzennamen interessiert. Sie hat Linnaeus gelesen.«

Da Otmar auch diesen Namen nicht kannte, folgte eine weitere Erklärung. Ich erfuhr, daß dieser Linnaeus, anscheinend ein Schwede – er war mit dem Namen Linné auf die Welt gekommen –, eine ganze Reihe von Blumen und Pflanzen geordnet und ihnen Namen gegeben oder die lateinischen Wurzeln bereits vorhandener Namen entdeckt hatte, da Ordnung und Latein seine Stärken waren.

»Sie will einen Garten haben«, sagte Otmar und fiel damit dem General nicht ins Wort, sondern wiederholte, so wie es sich anhörte, nur, was er bereits gesagt hatte, in dem Versuch, das Gespräch wieder auf den Boden der Tatsachen zurückzubringen.

»Dann müssen wir ihr einen anlegen.«

Wie konnten sie mir einen Garten anlegen? Der eine war zu alt, der andere hatte nur noch einen Arm! Doch wie entzückend war es, ihnen zuzuhören! Während ich dort stand, überflutete Wärme meinen Körper, so als hätte ein Mann, als ich noch ein junges Mädchen war, »Ich liebe dich...« zu mir gesagt.

»So einer ist das nicht«, bemerkte der alte Mann gerade, als ich weiter zuhörte. »Der ist einem keine Hilfe oder auch nur daran interessiert.«

Ich nahm an, daß sie von Quinty sprachen, und diese Folgerung war sicherlich richtig.

»Eine Maschine ist da?« fragte Otmar dann. »Ein Gerät, um die Erde aufzubrechen?«

»In England gibt es etwas, das ›Fröhlicher Landmann‹ heißt. Ein Motorpflug.«

Ich stellte mir vor, daß Otmar nickte. Der General sagte:

»Weiß der Himmel, was unter so trockenen Bedingungen am besten wächst. Herzlich wenig, vermutlich. Wir müßten das alles nachlesen.«

»Ich kenne mich mit Samen nicht aus.«

Im Garten seiner Eltern seien Fuchsien gewachsen, erzählte Otmar weiter. Er könne sich die Namen von Pflanzen nicht gut merken, aber er erinnere sich an Fuchsien in Töpfen – doppelblütig, scharlachrot und cremefarben. Geranien dürften geeignet sein, sagte der General, und Ginster ebenfalls. Zu meiner Freude erwähnte er auch Azaleen. Schatten sei wichtig, dafür müsse irgendwie gesorgt werden. Die Azaleen müßten in Kübeln gezogen und im Winter ins Haus gestellt werden.

»Mit einem Arm«, erinnerte Otmar ihn, »kann ich nicht graben.«

»Wissen Sie, es ist erstaunlich, was man alles kann. Irgendwann werden Sie sich daran gewöhnen.«

Ich ging davon, weil ich hörte, daß sie aufstanden. Ein paar Minuten später sah ich sie hinterm Haus, wie sie bei den verfallenen Nebengebäuden miteinander gestikulierten. Ihre Stimmen wurden zu der Stelle herübergeweht, von wo ich sie beobachtete; der alte Mann zeigte auf etwas. Hier kämen ein paar Stufen hin, die auf eine niedrigere Ebene führten, hier vier Blumenbeete in der Form eines Halbkreises, hier vielleicht eine Marmorstatue. Ein paar Tage später zeigten sie mir, als sie mir ihr Geheimnis offenbarten, die Pläne, die sie inzwischen auf mehreren Blättern gezeichnet hatten. Der General versprach mir ein Kräuterbeet mit Thymian, Basilikum, Estragon und Rosmarin. Es würde vereinzelt Eiben oder die hier heimischen Pinien geben, was davon abhing, wozu man ihnen riet. Sie würden sich um Buchsbaumhecken, um Zwergmispeln und Oleander bemühen. Es würde einen Perückenstrauch und einen Bergahorn geben, und Rosen und Pfirsichbäume, was auch immer sie zum Gedeihen bringen konnten.

»Wenn ich mal groß bin, würde ich auch gern Geschichten erzählen.«

Aimée hielt *Flucht ins Paradies* in der Hand. Sie hatte mich darum gebeten, und ich hatte ihr den Inhalt erzählt, während sie ohne Anstrengung zuhörte.

»Ich bin gern hier in den Bergen«, sagte sie.

8

Am 14. Juli traf Thomas Riversmith ein. Er hatte ein paar Tage vorher angerufen und darauf beharrt, daß er nicht abgeholt werden wolle; daß er so wenig Umstände wie möglich machen wolle. Also nahm er von Pisa ein Taxi, was eine ausgesprochen lange Fahrt ist, und dann war es schwierig, mein Haus zu finden. Ich beobachtete aus einem der oberen Fenster, wie er den Fahrer in Einhunderttausend-Lire-Scheinen bezahlte. Er hatte schwarze Mandarina-Duck-Taschen. Ich ging nach unten, um ihn in der inneren Diele zu begrüßen.

Er war ein großgewachsener, stämmiger Mann mit ziemlich groben Zügen, so ganz anders als die junge Frau im Zug. Seine Augen unter kohlrabenschwarzen Brauen waren glanzlos – grün oder blau, das war nicht ganz klar; sein krauses Haar hatte einen Grauton. Mr. Riversmith war tatsächlich so ernst und formell, wie er am Telefon gewirkt hatte: Die Überraschung war, daß er auf seine Art ein gutaussehender Mann war. Er trug einen dunklen Anzug, der auf dem Flug und dann noch einmal bei der langen Taxifahrt zerknittert worden war. Die Mandarina-Taschen hatte ihm bestimmt seine Frau gekauft; sie paßten in keiner Weise zu seinen restlichen Sachen.

»Ich bin Mrs. Delahunty.«

Er nickte, ohne sich vorzustellen, weil er vermutlich davon ausging, daß an diesem Tag niemand anders erwartet wurde. Er stand da, schien für nichts Interesse aufzubringen und wartete darauf, daß ich noch etwas sagte. Es war kurz nach sechs Uhr abends; Cocktail Hour, wie die Amerikaner dazu sagen. Eine gewisse Müdigkeit in seinen Gesichtszügen legte nahe, daß Mr. Riversmith einen Drink gebrauchen konnte.

»Drink?« wiederholte er, als ich diese Vermutung äußerte. Er schüttelte den Kopf. Er wasche sich jetzt wohl besser, sagte er. Er hatte so eine Art, einen durchdringend anzusehen, wenn er sprach, während er gleichzeitig den Eindruck vermittelte, daß er einen gar nicht wahrnahm. Unter seinem prüfenden Blick kam ich mir dumm vor, so wie es einem bei manchen Leuten geht.

»Quinty wird Sie nach oben bringen, Mr. Riversmith.«

»Danach sollte ich meine Nichte sehen.«

»Natürlich. Kommen Sie bitte einfach zu uns in den *Salotto*, wenn Sie fertig sind, Mr. Riversmith.«

Er folgte Quinty nach oben. Ich ging in mein Arbeitszimmer. Früher am Tag war ein Packen Fanpost gekommen, den der Verlag in London geschickt hatte. Nach der kurzen Begegnung mit Mr. Riversmith empfand ich das als eine Art Gegengift. Die Leute bemühen sich zu erklären, wie viel ihnen eine Geschichte bedeutet oder wie sehr sie sich mit einer Figur identifizieren. *Ich hatte das starke Gefühl, Rosalind zu sein. Vor vielen Jahren natürlich. Ich bin jetzt über achtzig.* Gelegentlich liegt ein kleines Geschenk bei, ein Pappmachépuzzle aus Japan, eine gepreßte Blume, billiger Schmuck. *War Lucinda* wirklich *wütend oder hat sie bloß so getan? Wird Mark ihr voll und ganz verzeihen? Oh, ich hoffe so sehr, daß er dazu imstande ist!* Es kommen kleine Aufklebeetiketten, für Autogramme. *Ich habe alle Ihre Geschichten, wage aber nicht, sie der Post anzuvertrauen. Rückporto liegt bei.* Ich tue mein Bestes, eine passende Antwort zu schicken, bin aber angesichts so vieler Briefe manchmal erschöpft. *Was für eine herrliche Geburtstagsparty Miss Penny Court gehabt hat! Das hat mich so sehr an meine eigene Party erinnert, als ich einundzwanzig wurde und Dad aus Gips und Silberfarbe einen Schlüssel gemacht hat! Ich bin jetzt vierzig, habe selber Kinder, und Alec (mein Mann) ist nicht mehr da, so daß ich mein Bestes tue, allein zurechtzukommen. Ich stelle sie mir immer als Miss Penny Court vor, ich weiß nicht, warum. Ich beneide sie um ihre Unabhängigkeit. Dad und ich standen uns nahe, deshalb hat er mir zu meinem Einundzwanzigsten den Schlüssel gemacht, Sie kennen so was bestimmt. Natürlich hab ich die Kinder gern, das versteht sich doch von selbst, und sie wären nicht da, wenn ich Alec nicht geheiratet hätte. Er ist vor zwei Jahren gegangen, eine Sicherheitsbeamtin.* Oft gehen die Briefe seitenlang weiter, mehr als einmal wechselt die Tinte die Farbe, und das Schreibpapier bekommt Flecken. Wenn mir jemand als Geschenk etwas Eßbares schickt, bin ich natürlich gerührt, aber ich werfe es weg, da man mich darauf hingewiesen hat, daß das ratsam sei.

Lieber Ron, schrieb ich am Abend von Thomas Riversmiths Ankunft und redete den Briefschreiber so vertraulich an, weil ich nur diesen Namen von ihm hatte. *Vielen Dank für Ihren netten Brief. Ich bin froh, daß »Seine größte Herausforderung« Ihnen gefallen hat. Es ist interessant, was Sie darüber schreiben, daß Annabella und Roger sich schon in einem früheren Leben gekannt haben. Ich glaube, daß das durchaus zutreffen kann, und ich finde es interessant, was Sie mir über Ihre Haustiere schreiben. Ich glaube, daß Ihre Frau kein bißchen gekränkt wäre, wenn Sie wüßte, daß Sie Fred als Trost empfinden. Eigentlich bin ich mir sicher, daß sie sich sehr freuen würde.* Ich fügte noch einen weiteren Satz über Fred, das Frettchen, hinzu, steckte den Brief dann in einen Umschlag und klebte ihn zu. Ich gebe Fremden nie meine Adresse, da man mich darauf hingewiesen hat, auch das sei nicht ratsam. Und einigen Briefschreibern kann ich wirklich keine Beachtung schenken. Ein Briefwechsel mit einem Geistesgestörten ist keine gute Idee.

Mr. Riversmith stand schweigend im *Salotto*, als ich eintrat.

»Darf ich Ihnen einen Drink mixen, Sir?« erbot sich Quinty.

»Einen Drink?«

»Hätten Sie nach Ihrer Reise gern eine Erfrischung, Sir?«

Mr. Riversmith bat um einen Old Fashioned, registrierte dann meine Anwesenheit und sprach mich an. Er bemerkte, daß seine Nichte hübsch sei.

»Ja, das stimmt.« Aber ich setzte hinzu, daß Aimée immer noch seelisch labil sei. Ich sagte, daß Dr. Innocenti uns am nächsten Morgen einen Besuch abstatten werde. Er werde das näher erklären.

»Ich weiß das, was Dr. Innocenti für meine Nichte getan hat, sehr zu schätzen.« Mr. Riversmith hielt inne. »Und ich weiß zu schätzen, daß Sie sich während ihrer Genesung um sie gekümmert haben, Mrs. Delahunty.«

Ich erläuterte ihm das mit den Touristen, die in meinem Haus wohnten, wenn die Hotels kein Zimmer mehr frei hatten. Ich sagte, daß es nicht der Rede wert sei; wir seien an Gäste gewöhnt.

»Sie machen mir eine Rechnung?« fuhr Mr. Riversmith fort, so als läge ihm viel daran, alle Formalitäten sofort zu erledigen. »Ich will, daß das geregelt ist, bevor wir fahren.«

Ich sagte, dafür sei Quinty zuständig, und Quinty nickte, während er Mr. Riversmith sein Glas reichte. »Soll es heute abend G and T sein?« murmelte er. Er rollt dieses »G and T« augenzwinkernd von der Zunge, und der Klang scheint ihm Freude zu bereiten, weiß der Himmel, warum.

»Danke, Quinty«, sagte ich, und in diesem Moment betrat der General das Zimmer.

Ich stellte die beiden Männer einander vor und verriet mit gesenkter Stimme, daß der General im Zug nur ein paar Plätze von Aimée entfernt gesessen habe. Ich erwähnte auch Otmar, für den Fall, Mr. Riversmith hätte vergessen, was ich ihm am Telefon gesagt hatte. Mit noch leiserer Stimme sprach ich von der Tochter und dem Schwiegersohn des alten Mannes und von Madeleine. Unter den gegebenen Umständen hielt ich das für notwendig.

»Sie sind wegen des Kindes gekommen«, sagte der General.

»Ja, das stimmt.«

Es trat Schweigen ein. Quinty goß dem General etwas Whisky ein und notierte die Drinks in dem kleinen roten Notizheft, das er neben dem Tablett mit den Flaschen aufbewahrt. Der alte Mann nickte und nahm zur Kenntnis, was gesagt worden war. Um die etwas heikle Situation zu entspannen, die entstanden war, stellte ich eine Frage, auf die ich die Antwort schon wußte. »Sie kennen Aimée nicht so gut?« fragte ich Mr. Riversmith.

»Ich bin meiner Nichte vor einer halben Stunde zum ersten Mal in meinem Leben begegnet.«

»Was?« Der General runzelte die Stirn. »Was?« sagte er erneut.

»Ich habe nie eins von den Kindern meiner Schwester kennengelernt.« Er schien nicht mehr dazu zu sagen, es dabei bewenden lassen zu wollen. Aber dann setzte er unerwartet noch etwas hinzu, was ich ebenfalls wußte: daß es einen Familienzwist gegeben hatte.

»Dann ist das Kind Ihnen fremd?« ließ der General nicht locker. »Und Sie sind ein Fremder für Aimée?«

»Genauso ist es.«

Seine Frau hätte ihn begleitet, entgegnete Mr. Riversmith auf eine weitere Frage, die der General stellte, aber leider habe sie unmöglich weggekonnt. Er sprach von seiner Frau als Francine, ein Name, der mir neu war. Als Antwort auf eine Frage von mir teilte er uns mit, daß seine Frau ebenfalls Akademikerin sei.

»Wir sollten Sie Professor nennen«, sagte ich. »Wir waren uns nicht ganz sicher.«

Er erwiderte, daß er sich nicht oft dieses Titels bediene. Der akademische Rang sei unwichtig, sagte er. Der General fragte ihn, was sein Forschungsgebiet sei, und Mr. Riversmith erwiderte – in unverändertem Ton –, daß die Holzameise sein Fachgebiet sei. Er sprach von diesem Insekt, als handelte es sich um ein Tier, das wir so gut kennen wie Pferd oder Hund.

Der General schüttelte den Kopf. Er kenne die Holzameise nicht, gestand er. Mr. Riversmith zuckte ganz leicht, kaum wahrnehmbar mit den Achseln. Die Interdependenz von Holzameisenkolonien in Akazien, erklärte er, offenbare ein Verhalten, das dem menschlichen ähnlich sei. Das sei, was den Laien betreffe, ein abgelegenes Forschungsgebiet, gestand er schließlich und wechselte das Thema.

»Meine Nichte wird immer an die Zeit denken, die sie hier verbracht hat.«

»Ja, das wird sie wohl tun«, pflichtete der General bei.

Otmar kam herein, und seine Hand ergriff eine von Aimée. Ich stellte ihn Mr. Riversmith vor, und einen Augenblick lang dachte ich, er könnte die Hacken zusammenschlagen, denn Otmar kann mitunter sehr förmlich sein. Aber er verbeugte sich nur. Quinty, der immer noch in der Nähe des Tabletts mit den Drinks herumstand, goß Aimée eine Coca-Cola und Otmar ein Stella Artois ein. Er notierte alles in sein Heft und verzog sich dann.

»Das sind interessante Bilder, die du gemalt hast«, sagte Aimées Onkel.

»Was für Bilder?«

»Die bei dir an der Wand.«

»Die hab ich nicht gemalt.«

»Ich habe die Bilder gemalt«, sagte Otmar.

»Otmar hat sie gemalt«, sagte Aimée.

Zum ersten Mal war Mr. Riversmith völlig perplex. Ich wußte, daß Dr. Innocenti am Telefon schon mit ihm über die Bilder gesprochen hatte. Ich sah, wie er sich fragte, ob er das, was man ihm gesagt hatte, falsch verstanden hatte. Er öffnete den Mund, um etwas zu sagen, aber Aimée kam ihm zuvor.

»Wann bringst du mich weg von hier?«

»Wir sehen mal, was Dr. Innocenti sagt, wenn er morgen kommt.«

»Es geht mir besser.«

»Natürlich.«

»Wirklich besser.«

Aimée, in einem schlichten roten Kleid, das sie und Signora Bardini zusammen gekauft hatten, stellte sich mitten ins Zimmer. Otmar lehnte sich gegen die Säule eines Torbogens. Die Angst war immer noch in seinem Blick, aber sie hatte sich etwas gelegt.

»Möchtest du denn die lange Reise schon so bald antreten?« fragte Mr. Riversmith Aimée in dem gezierten Tonfall, den manche Leute Kindern gegenüber annehmen. »Weißt du, das ist anstrengend, die ganze Zeit oben in der Luft zu sein.«

»Willst du dich ausruhen?« Die Worte kamen etwas stockend, und dann wiederholte sie sie. »Willst du dich ausruhen, Onkel?«

»Es ist bloß so, daß wir deinen Onkel nicht drängen dürfen«, warf ich leise ein. »Er braucht eine kleine Ruhepause, bevor er den ganzen Weg zurückfliegt.«

Dann wurde das Gespräch wieder normal, und der General stellte auf seine höfliche Art unserem Gast die in solchen Situationen üblichen Fragen: wo in den Vereinigten Staaten er wohne, ob er selbst Kinder habe? So wie er die ganze Zeit mit Mr. Riversmith plauderte, hätte man nie gedacht, daß den General der Mut verlassen hatte, daß er es nicht über sich brachte, ein leeres Haus zu inspizieren oder sich auch nur einem Gespräch mit Anwälten auszusetzen.

»Virginsville«, gab Mr. Riversmith als den Namen der Stadt an, in der er wohnte. »Pennsylvania.«

Er nannte auch den Namen der nahegelegenen Universität, wo er über die Tiere forschte, von denen er gesprochen hatte. Ich hatte recht mit meiner Vermutung, daß Francine und er keine Kinder zusammen hatten.

»Meine Tochter auch nicht«, sagte der General.

In Erwiderung auf weitere Höflichkeiten verriet Mr.

Riversmith, daß seine Frau aus einer früheren Ehe Kinder habe, die jetzt schon erwachsen seien. Ich fragte, ob er selbst auch schon einmal verheiratet gewesen sei, und er bejahte. Dann verfiel er wieder in Schweigen, und der General rettete die Situation, indem er ihm von dem Garten erzählte, den sie planten. In einer Ecke flüsterten Otmar und Aimée und spielten ihr Spiel mit den Papierfetzen. Der General erwähnte die Namen verschiedener Pflanzen – ich erinnere mich an Teppichphlox und *magnolia campbellii.* Er sei gespannt, ob die Baumpaeonie, ebenfalls eine der Lieblingspflanzen seiner Frau, auf umbrischem Boden gedeihen werde. Vermutlich müsse er es einfach ausprobieren. Begeistert setzte er hinzu, Quinty habe herausgefunden, daß man einen Motorpflug und einen Mann, der ihn bediene, am Ort mieten könne.

»Ich kenne mich mit Gartenarbeit kaum aus«, erklärte Mr. Riversmith.

Während er sprach, stellte ich mir aus irgendeinem Grund den 5. Mai in Virginsville, Pennsylvania, vor. Ich stellte mir vor, wie Mr. Riversmith ins Haus kam und Francine sagte: »Wieder eins von diesen Bombenattentaten in Italien.« Ich kann mir diese Szene immer noch mühelos vor Augen führen. Sie trinkt gerade Orangensaft. Auf dem Bildschirm ist ein zertrümmerter Zug zu sehen. »Wie war dein Tag?« fragt sie, nachdem er sie so mechanisch wie immer umarmt hat, wenn er von seiner täglichen Forschungsarbeit zurückkehrt. »Oh, ganz angemessen«, erwidert er. (Ich bin mir sicher, daß er dieses Wort gewählt hat.) »Die Bildung von Kolonien verläuft im Moment außergewöhnlich gut.« *Ihr* Tag sei anstrengend gewesen, sagt Francine. Sie habe Probleme mit der Motorhaube des Toyota gehabt, die mal wieder geklemmt habe, wie es in letzter Zeit öfter vorgekommen sei. Keine Terroristengruppe habe bisher die Verantwortung übernommen, sagt der Nachrichtensprecher im Fernsehen.

»Forscht Ihre Frau auch über Ameisen, Mr. Riversmith?« fragte ich, weil erneut eine unangenehme Gesprächspause eingetreten war und ich genau in diesem Augenblick neugierig darauf war.

Bevor er antwortete, zog er die Lippen zusammen – vielleicht, um einen Seufzer zu unterdrücken, oder es war ein nervöses Zucken. »Meine Frau hat das gleiche Fachgebiet wie ich«, brachte er schließlich hervor. »Ja, genauso ist es.«

Wochen später ist es die örtliche Polizei in Virginsville, die ihm die Nachricht überbringt, daß jene Fernsehbilder ihn mehr angingen, als er oder Francine gedacht hatten. Auch diese Szene sah ich deutlich vor mir, sehe sie immer noch: wie die Beamten ablehnen, sich hinzusetzen, und das Sonnenlicht auf ihren metallenen Dienstmarken funkelt. »Italien?« Das strenge Stakkato von Thomas Riversmiths Stimme wirkt auf die Polizisten und sogar auf ihn selbst gezwungen. »Das kleine Mädchen ist schon aus dem Krankenhaus, Sir«, teilt ihm einer der Männer mit. »Man kümmert sich in einem Haus in der Gegend um es.« Immer noch wie betäubt, stellt Mr. Riversmith murmelnd Fragen. Warum war es zu der Explosion gekommen? Hatte es irgendwas damit zu tun, daß Amerikaner im Zug saßen? Waren die Verantwortlichen festgenommen worden? »Mein Gott!« rief Francine, die genau in diesem Augenblick das Zimmer betrat. »Mein *Gott!*«

Wir aßen auf der Terrasse zu Abend. Mr. Riversmith erhob sich und bewunderte mühsam den Ausblick.

Am nächsten Morgen ging Dr. Innocenti für Mr. Riversmith seinen ausführlichen Bericht über Aimées Fortschritte durch. Aufgrund des Tonfalls des Doktors und Mr. Riversmiths Antworten wurde klar, daß vieles von dem wiederholt wurde, was bereits am Telefon gesagt worden war. Geduldig bestätigte und erläuterte Dr. Innocenti und holte weiter aus, wenn er es für nötig hielt. Am Ende sagte er, daß er keinen Grund sehe, warum sie nicht zurückreisen sollten, sobald Mr. Riversmith sich dazu bereit fühle. Er selbst habe alles für das Kind getan, was in seiner Macht stehe. Mr. Riversmith hielt für seine Verhältnisse eine richtiggehende kleine Ansprache und bedankte sich bei ihm.

»Eine Sache würde ich gerne noch ansprechen, Doktor. Aimée beharrt darauf, daß sie diese Bilder nicht gemalt hat.«

»Sie weiß nicht, daß sie es war, Signore.«

»Der Deutsche...«

»Es ist gut, daß Otmar ihr hilft.«

»Aimée und Otmar sind Freunde geworden«, sagte ich.

Mr. Riversmith runzelte die Stirn. Eine leichte Ungeduld huschte über seine Züge. Da fiel mir auf, daß es das war, was ihn von Zeit zu Zeit mürrisch erscheinen ließ. Ungeduld war sein Problem, und nicht Nervosität. Er hielt an seinem Ernst fest, als wollte er sich dadurch schützen, als wollte er damit seine Ungeduld verdecken. Aber manchmal war er dieser Aufgabe nicht gewachsen, und dann wurde er muffig und gereizt.

»*Non importa, signore*«, versicherte ihm Dr. Innocenti. »Die Bilder sind bloß Bilder. Farbe auf Papier.«

»Mr. Riversmith versteht vielleicht nicht«, brachte ich

vor, »weil er die Genesung seiner Nichte nicht miterlebt hat.«

»Ja«, stimmte Dr. Innocenti mir zu. Entgegen seiner Gewohnheit setzte er dieses eine Mal unbestimmt hinzu: »Wir müssen hoffen.«

An jenem Nachmittag stellte Mr. Riversmith die erforderlichen Schecks aus, für das Krankenhaus und Dr. Innocenti. Er kümmerte sich um einen Grabstein und bezahlte ihn im voraus.

Dann trat etwas Unerwartetes ein. In einem seiner vielen Gespräche mit Aimée hatte Dr. Innocenti ihr Siena geschildert, wo er geboren war. Er hatte es die stolzeste aller italienischen Städte genannt, voller geheimnisvoller Winkel, mal trist und mal aufregend: Bevor sie nach Amerika zurückkehre, müsse sie unbedingt hinfahren. »Das hast du noch nicht getan?« hatte er sie an jenem Morgen in gespielter Enttäuschung gescholten. »Willst du deinem alten Freund denn keine Freude machen, Aimée?«

Später brachte Otmar das Thema im *Salotto* zur Sprache. Aimée habe es Dr. Innocenti versprochen, erzählte er, habe aber Hemmungen gehabt, darum zu bitten.

»Siena?« fragte ihr Onkel.

Das sei nicht weit, erklärte ich. Ein Ausflug ließe sich mühelos arrangieren. »Es wäre bedauerlich, nicht nach Siena zu fahren.«

Quinty würde uns fahren. Der General würde uns in der Hoffnung begleiten, ein paar Bücher über Gartenbau zu erwerben, die Quinty ihm übersetzen könnte.

»Hätten Sie etwas dagegen, früh loszufahren«, fragte ich Mr. Riversmith, »um der ärgsten Hitze zu entgehen?«

Er stimmte bereitwillig, wenn auch etwas knapp zu, ohne sich über seine Schlafgewohnheiten auszulassen, wie jemand anders es vielleicht getan hätte. Mir drängte sich die Frage auf, ob Francine genauso war.

»Quinty wird Sie um halb sieben mit einer Tasse Tee wecken.« Ich senkte die Stimme und blickte mich um, denn ich wollte nicht, daß die anderen etwas mitbekamen. Es würde das erste Mal sein, daß wir alle etwas zusammen unternähmen, verriet ich. »Seit dem Anschlag haben wir uns nicht viel zugetraut.«

Ich weiß nicht, ob Mr. Riversmith es hörte oder nicht. Er sah mich bloß an, und ich hatte erneut den Eindruck, daß er einen Seufzer unterdrückte. Es überraschte mich, daß weder Francine noch seine frühere Frau ihm jemals gesagt hatten, daß diese Angewohnheit unhöflich wirkte.

9

Um kurz nach sieben am nächsten Morgen beobachtete ich, wie der General Mr. Riversmith die Besonderheiten am Auto zeigte, das Quinty gewöhnlich als seins bezeichnet, obwohl es natürlich mir gehört. Der alte Mann machte ihn auf die riesigen Scheinwerfer aufmerksam, auf die Chromverschlüsse des Gepäckkastens und das Segeltuchverdeck, das jetzt zusammengeklappt war. Ich hörte ihn sagen, daß Autos nicht mehr mit so einem Enthusiasmus und Stolz gebaut würden. Mr. Riversmith hielt es vermutlich für altmodisch. Er sagte etwas, was ich nicht genau verstand.

Ich hatte für unseren Ausflug einen breitkrempigen weißen Hut und ein schlichtes weißes Kleid ausgewählt, dazu schwarzweiße hochhackige Schuhe, einen schwarzen Gürtel und eine schwarze Handtasche. Auf der Kiesfläche vor meinem Haus begrüßte ich die beiden Männer, und kurz darauf erschienen Otmar und Aimée, Aimée in dem roten Kleid, das sie an dem Abend getragen hatte, an dem ihr Onkel angekommen war. Zu meinem Erstaunen kam auch Rosa Crevelli aus dem Haus, eindeutig für den Ausflug zurechtgemacht, in einem geblümten grünen Kostüm und dazu passenden hauchdünnen grünen Strümpfen.

»Hör mal«, begann ich und zog Quinty beiseite, aber er fiel mir ins Wort, bevor ich auch nur den Namen des Mädchens erwähnt hatte.

»Sie haben gemeint, es wäre in Ordnung«, sagte er. »Als

wir Sie gestern abend gefragt haben, haben Sie gesagt, je mehr, desto besser.«

»Ich habe nichts dergleichen gesagt, Quinty.«

»Doch, das haben Sie. Ich habe gesagt, das wäre ein schöner Ausflug für das Mädchen. Ich habe gesagt, daß sie zur Zeit etwas angeschlagen aussieht.«

Ich schüttelte mit Entschiedenheit den Kopf. So ein Gespräch hatte nicht stattgefunden.

»Sie hatten schon etwas getrunken, Signora.«

»Quinty...«

»Tut mir leid.«

Er ließ den Kopf hängen, so wie nur er es kann. Er beteuerte, daß er und das Mädchen mich um nichts auf der Welt kränken würden; vielleicht habe er sich verhört, als ich seiner Meinung nach gesagt hätte, je mehr, desto besser.

»Du kommst mit, um den Wagen zu fahren«, erklärte ich. »Es ist etwas völlig anderes, ein Dienstmädchen mitzunehmen. Das ist doch ohne Sinn und Zweck.«

»Es ist bloß, weil ich es ihr versprochen habe, als Sie das gestern abend gesagt haben. Sie hat gesagt, Sie wären die Freundlichkeit in Person.«

Das verdarb alles. Ich hatte mir so gewünscht, daß alles glattgehen würde. Ich hatte mir gewünscht, daß es ein angenehmer Tag für Aimée und ihren Onkel werden würde; ich hatte mir gewünscht, Mr. Riversmith besser kennenzulernen; ich hatte mir gewünscht, daß der General und Otmar sich weiter aufraffen und von der Abwechslung profitieren würden; ich hatte mir gewünscht, daß alle wieder anfangen würden, glücklich zu sein.

»Quinty, für ein Dienstmädchen ist es komisch, sich unter die Gäste des Hauses zu mischen.«

»Ich weiß, ich weiß. Wir sind Dienstboten. Alles, was ich sage, ist, da das Mißverständnis einmal entstanden ist, belassen Sie's dabei. Es wäre eine furchtbare Enttäuschung für das arme Ding. Sie hat bis in die frühen Morgenstunden ihre Kleider gebügelt.«

So gab ich schließlich nach, obwohl es mir äußerst peinlich war. Ich beschloß, mich bei unseren Gästen zu entschuldigen – nun, zumindest bei Mr. Riversmith und dem General –, wenn sich eine passende Gelegenheit fand. Ich gehöre selbst der Dienstbotenklasse an, wie Quinty genau weiß, aber während alle warteten, wollte ich ihm nicht erklären, daß da natürlich ein Unterschied bestand.

»Tut mir leid«, sagte er erneut.

Ich schüttelte nur den Kopf über ihn. Rosa Crevelli hatte uns beobachtet und sich ein Urteil über den Inhalt unseres Wortwechsels zu bilden versucht. Ich sah, wie er ihr einen Blick zuwarf und wie sich der Flunsch, der gerade ihre bleichen Züge zu entstellen begann, in ein Lächeln verwandelte. Ich ging zu den anderen und schlug mit ruhiger Stimme vor, daß Aimée und das Dienstmädchen die beiden Rücksitze einnehmen sollten, die eine Besonderheit des Wagens sind, wobei man die lange Sitzbank in der Mitte vorklappen muß, um dorthin zu gelangen. Otmar, Mr. Riversmith und ich setzten uns auf diese Sitzbank, der General und Quinty saßen vorne.

»*Andiamo!*« rief Quinty, während er den Gang einlegte, und seine düstere Stimmung von kurz zuvor war wie weggeblasen. »Los geht's!«

Der Himmel war wolkenlos. Die Morgenluft war kühl und frisch. Während wir fuhren, zeigte ich Mr. Riversmith zuliebe auf weit entfernte Bergstädtchen und Zypressenalleen. Manchmal deutete ich auf eine Kirche oder, falls in der Nähe keine stand, auf ein Café am Straßenrand oder eine Tankstelle, da ich wußte, daß für einen Fremden alles von Interesse ist. Mr. Riversmith nickte zum Dank von Zeit zu Zeit und schien ansonsten über Dinge nachzudenken, die er für sich behielt. »Fabelhaft, dieser Wagen«, hörte ich den General sagen. Ab und zu drehte Otmar sich um und wechselte ein paar Worte mit Aimée.

»Sie finden es vielleicht seltsam«, sagte ich zu Mr. Riversmith, denn mir war in der Nacht durch den Kopf gegangen, was ich am vorhergehenden Tag kurz angetippt hatte, »daß wir eine Spritztour machen, obwohl wir noch von dem Entsetzen gepackt sind, das unser Leben zerrissen hat.«

Er schüttelte den Kopf. Er sagte förmlich, das sei ein Anzeichen von Heilung und Genesung.

»Wir sehnen uns danach, unserer Grübelei zu entkommen, Mr. Riversmith. Wir flicken alles mögliche an der Oberfläche zusammen. Aber wenn wir in unsere Herzen blicken, sehen wir nur einen unerträglichen Schmerz.«

Ich wählte meine Worte sorgfältig und setzte nicht hinzu, daß der Verlust, den ich erlitten hatte, viel geringer war als der der anderen, weil ich viel weniger zu verlieren gehabt hatte. Ich ging nicht auf Einzelheiten ein, weil dafür nicht der richtige Zeitpunkt war. Alles, was ich ihm klarmachen wollte, war, daß er, wenn er heute seine Nichte, Otmar oder den alten Engländer beobachtete, nur eine Haut beobachtete, die über einen menschlichen Trümmerhaufen gespannt war. Mr. Riversmith sagte, so würde er es nicht ausdrücken, wartete aber nicht mit einer anderen Formulierung auf.

»Ich habe bloß gedacht, daß ich es ansprechen sollte«,

sagte ich und ließ es dabei bewenden. Den Trümmerhaufen unserer Zeit, hätte ich hinzufügen können, aber ich verzichtete darauf.

Als wir Siena erreichten, parkte Quinty kurz hinter den Stadttoren und stellte den Wagen unter einem Baum ab, damit er kühl blieb. Als er das Verdeck hochgezogen und geschlossen hatte, machten wir uns auf den Weg zu dem Café am Piazza del Campo, wo wir frühstücken wollten. Es war ziemlich kühl in den engen Straßen, durch die wir gingen.

»Ich muß um Entschuldigung bitten«, murmelte ich Mr. Riversmith zu, als wir einen Moment allein waren.

»Wie bitte?«

Ich lächelte und wies mit einem Seitenblick auf Rosa Crevellis Anwesenheit hin. Rosa Crevelli hat etwas von einer Zigeunerin, was durch das leuchtende Grün ihrer Kleidung und ihre hauchdünnen Strümpfe besonders betont wurde.

»Wie bitte?« fragte Mr. Riversmith noch einmal.

Ich sagte, es sei schon gut, weil der Moment vorbei war und man uns jetzt wieder zuhören konnte. Er sagte ja, als ich ihn fragte, ob diese Stadt seiner Frau gefallen würde, ob die grauen Gassen, in denen die Einheimischen sich wie frühmorgendliche Gespenster bewegten, sie beeindrukken würden. Als wir endlich unser Ziel erreichten, war der Kontrast erstaunlich: Strahlendes Sonnenlicht brannte schon auf den Pflastersteinen und den Terrakottaziegeln des eleganten, muschelförmigen Platzes, der das Stadtzentrum darstellt. Würde auch das, wollte ich gern wissen, Mrs. Riversmith beeindrucken?

Er gab keine direkte Antwort. Genaugenommen beantwortete er meine Frage eigentlich gar nicht. »Dr. Innocenti hat meiner Nichte diesen Führer geschenkt«, sagte er nur und reichte mir das Buch, ohne es aufgeschlagen zu haben.

Der große Turm des Rathauses ragt mächtig empor, um die Vorherrschaft über den klaren Himmel zu behaupten. Ich warf einen Blick in den Führer, nachdem wir uns in dem Café an einem Tisch im Schatten der Markise niedergelassen hatten. Quinty und Rosa Crevelli schüttelten dem Kellner die Hand und plapperten auf italienisch mit ihm. Mit lauter Stimme bestellten sie Kaffee und Brioches. »Die Fahrt hat sie in Stimmung gebracht«, flüsterte Quinty, als er sah, daß ich sie anschaute.

»Hier ist es sehr angenehm«, sagte der General.

»Ja, wirklich«, stimmte Mr. Riversmith für mich etwas überraschend zu, da er auf dem Weg vom Auto so wortkarg gewesen war.

Als der Kaffee kam, machte ich ihn in dem Führer auf eine Passage über den Palio aufmerksam – das Pferderennen, das jeden Sommer in den Straßen von Siena und um den abschüssigen Campo herum stattfindet, wo wir jetzt saßen. Ich las die Passage laut vor: daß das Rennen ein Ereignis sei, von Fehden und hitzigen Intrigen geprägt, von den Interessen anderer Städte und den Eifersüchteleien ortsansässiger Familien, es sei wild und gefährlich.

»Ihnen werden die geschmückten Laternenpfähle auffallen«, unterbrach mich Quinty. »Herausgeputzt für den großen Tag.«

Ich trug meine Sonnenbrille, und aus ihrem Schutz heraus beobachtete ich meine Begleiter, während Quinty sich noch einen Augenblick über Laternenpfähle ausließ, bei allem, was er sagte, von dem Dienstmädchen unterstützt. Ich bemerkte das nervöse Spiel von Otmars Fingern und das ängstliche Zucken, das ihn oft über die Schulter blicken ließ, so als mißtraute er seiner Umgebung. Der alte Mann verbarg penibel seine Qualen. Aimée betrachtete die Bilder auf den kleinen Zuckerbriefchen, die zusammen mit unserem Kaffee gekommen waren.

»Die Leute von Siena sind berühmt für die Makronen, die sie backen«, sagte ich zu Mr. Riversmith. »Diese *Ricciarelli*, die wir immer zum Tee essen.«

»Ja«, sagte er.

Später, auf dem Weg zum Dom, schauten wir in einem Reisebüro vorbei, wo er bei einem Angestellten den Rückflug nach Pennsylvania bestätigte. Er buchte für vier Tage später, und ich drängte Mr. Riversmith sanft, er solle erst die Schwierigkeiten mit dem Zeitunterschied überwinden, bevor er zurückfliege. »Sie haben sicher darüber nachgedacht, wie Aimée sich bei Ihnen eingewöhnt«, sagte ich, als diese Formalitäten erledigt und wir wieder auf der Straße waren. »Sie und Ihre Frau.«

Erneut preßte er die Lippen zusammen, dann das hastige, kurze Nicken und wieder Schweigen.

»Erzählen Sie mir von Ihrer Schwester«, bat ich ihn vorsichtig, als wir weitergingen.

Bevor ich ausgeredet hatte, blieb Mr. Riversmith stehen. Er wandte sich mir ohne Hast zu und sagte, daß er jedesmal, wenn er Aimée ansehe, an seine Schwester erinnert werde. Aimée habe die gleichen Haare wie Phyl, die gleichen Augen und die gleichen Sommersprossen. Ich sagte, ja, das wüßte ich, aber er schenkte dem keine Beachtung. Dann erzählte Mr. Riversmith zu meiner Überraschung die Geschichte ihres Familienzwistes, während wir immer noch auf der Straße standen, die anderen waren uns weit voraus, beim Anstieg zum Dom. Seine Schwester habe seine erste Frau besonders gern gehabt. Seine zweite, die namens Francine, habe das irgendwie herausgefunden, habe sogar von Phyls wiederholten Bemühungen erfahren, die beiden wieder zusammenzubringen. Ein paar Monate, nachdem er Francine geheiratet habe, hätten sie und Phyl sich so heftig gestritten, daß sie seitdem nicht mehr miteinander gesprochen hätten. Er habe zu Francine gehalten, und das habe Phyl ihm nicht verziehen. Der schlimme Bruch, der darauf gefolgt sei, sei der Grund dafür gewesen, daß er ihre Kinder nicht gekannt habe; an seinen Schwager Jack erinnere er sich nur von dem einen Mal, da er ihm begegnet sei. Anscheinend war Mr. Riversmith ein Dutzend Male kurz davor gewesen, Phyl zu schreiben, um zu sehen, ob sich nicht alles wieder einrenken ließe. Aber er hatte es nie getan.

»Natürlich hatte ich Angst davor herzukommen«, gestand Mr. Riversmith. »Ich hatte nicht einmal ein Foto von meiner Nichte gesehen.«

Die ganze Muffigkeit war von ihm gewichen. Zum ersten Mal schien er ein normaler Mensch zu sein, der sich bemühte, etwas zu einem Gespräch beizusteuern. Er war nicht redselig; durch nichts auf der Welt würde sich das jemals ändern. Und doch hatte er diese ergreifende kurze Darstellung ihres Familienzwistes ganz selbstverständlich herausgebracht – zwar stockend und verlegen, aber dennoch selbstverständlich. Ich verspürte ein angenehmes Gefühl im Kopf, etwas wie ein leichtes Kribbeln, und eine angenehme innere Wärme. Meine erste Sorge war, ihm den Ball wieder zuzuspielen.

»Aimée hat auch nicht gewußt, daß sie einen Onkel hat«, bemerkte ich. »Wenn Sie und Francine also denken, daß Sie durch Ihre Schwester in ihren Augen ein für allemal abgestempelt sind, so ist das nicht richtig.«

Das schien ihn zu überraschen. Er zuckte sogar etwas zusammen.

»Natürlich hat sie Sie nicht ein für allemal abgestempelt«, wiederholte ich. »Ihre Schwester hatte ein großzügiges Gesicht.«

Dazu äußerte er sich nicht. Ich fragte, wann er seine Schwester zum letzten Mal gesehen habe, und er sagte, bei der Beerdigung ihrer Mutter.

»Ist das lange her?«

»1975.«

»Und Ihr Vater? Der von Phyl und Ihnen?«

Erneut war er überrascht. Der Vater war gestorben, als Phyl noch ein kleines Kind war, und ich stellte mir den Haushalt vor, den sie dann führten, in dem er, viel älter als seine Schwester, die Stelle des Vaters einnahm. Ich stellte mir vor, wie er, genau wie sein Vater, Sachen im Haus reparierte und Kopfsalat und Auberginen anpflanzte. Ich fragte mich, ob Phyl ihn über alles gestellt hatte, was jüngere Schwestern unter solchen Umständen oft tun.

»Lassen Sie keine Schuldgefühle aufkommen«, bat ich und erzählte ihm, daß der General seinen Schwiegersohn nicht hatte respektieren können und jetzt nicht den Mut fand, ein leeres Haus zu betreten oder sich auch nur den Anwälten auszusetzen – er, den Mut einmal so sehr ausgezeichnet hatte. Ich erwähnte Otmars Madeleine.

Während ich sprach, fiel mir ein Traum ein, den ich in der Nacht zuvor gehabt hatte. Ich wollte ihn, so wie es einem manchmal geht, gleich erzählen, brachte es aber bei jemandem wie Mr. Riversmith nicht fertig. Wie Sie vermutlich inzwischen erkannt haben, üben Träume auf mich einen besonderen Reiz aus. Der österreichische Elfenbeinschnitzer – und genaugenommen auch Poor Boy Abraham – suchte mich regelmäßig auf, um mir ausführlich von einem Traum zu erzählen, und ab und zu berichtete ich, was ich selbst geträumt hatte. Dieser Traum betraf eigentlich Mr. Riversmith und hätte ihn vielleicht wirklich interessiert, aber ich fühlte mich immer noch gehemmt. Er war darin ein jüngerer Mann, fast noch ein Junge. Er reparierte eine Küchenschublade, die in Phyls Händen kaputtgegangen war und bei der die Seitenwände wegklappten, so als klebte der Leim, der sie festhielt, nicht mehr richtig. Er schabte eine Art Pilz aus den Fugen und spannte die Schublade, mit frischem Leim anstelle des alten, zwischen Schraubzwingen. »Das machst du aber geschickt«, sagte Phyl, und die Holzleiste der Küchenjalousie schlug gegen den Fensterrahmen, so wie es selbst beim leisesten Luftzug geschah, wenn das Fenster halb offenstand. Ich konnte es kaum erwarten, ihn darüber auszufragen, während wir den Berg zum Dom hinaufstiegen, aber ich schwieg immer noch.

Die anderen waren inzwischen außer Sichtweite. Wir trafen sie auf den Stufen zum Dom, wo sie auf uns warteten, und der General führte uns mit dem aufgeschlagenen Führer von Dr. Innocenti in das wespenartig gestreifte Gebäude und las uns laut die Passage über den Fußboden und die geschnitzte Kanzel vor. Als wir uns mit den Wundern dieses äußerst imposanten Gebäudes erschöpfend beschäftigt und auch das kleine Museum in der Nähe besucht hatten, begaben wir uns zur Bildergalerie. Zu meiner großen Erleichterung waren Quinty und Rosa Crevelli verschwunden.

In der Stille der Galerie hätte ich gern das Gespräch mit Mr. Riversmith weitergeführt, aber während wir an den Bildern entlang unseren Rundgang machten, fiel er mit Otmar und dem General in Gleichschritt und überließ mich zunächst mir selbst. Aimée war schon vorausgegangen.

»Seht euch das an!« hörte ich sie in einem anderen Raum rufen, und einen Augenblick später hatten wir uns alle vor dem Gemälde versammelt, das sie so begeisterte.

Es hieß *Annuncio ai pastori*, und es waren zwei Hirten und ein rattenähnlicher Hund darauf abgebildet, der bei einem Feuer kauerte, das man neben sorgsam eingepferchten Schafen entfacht hatte. Die Berge rundherum waren die Berge Italiens, in eine braune Wüste versetzt, der Himmel ein italienischer Himmel, und die Gebäude im Hinter- und Vordergrund waren in italienischem Baustil gehalten. Aber ein Engel, der irgendeinen Zweig in der ausgestreckten Hand hielt, schwebte in einem gelben Lichtschein und wirkte für mein ungeschultes Auge etwas fehl am Platze.

»Ich hab noch nie ein so schönes Bild gesehen«, sagte Aimée.

Während sie sprach, kam mir plötzlich in den Sinn, daß sie ohne den Anschlag wahrscheinlich mit ihren Eltern und ihrem Bruder in diese Stadt gekommen wäre. Wahrscheinlich hätten sie genau vor diesem Bild gestanden. Ich blickte sie an, aber ihr Gesicht strahlte. Ich schob mich näher an Mr. Riversmith heran, in der Hoffnung, ihm diesen

Gedanken leise flüsternd mitteilen zu können, aber leider ging er genau in diesem Moment weiter.

»Seht mal, wie man die Schafe eingezäunt hat«, sagte sie. »Wie mit einem Netz.«

»*Sano di Pietro wurde 1406 in Siena geboren und starb 1481*«, las der General aus Dr. Innocentis Führer vor und erläuterte dann, das sei der Maler dieses Bildes.

»Vor mehr als fünfhundert Jahren«, bemerkte ich Aimée gegenüber, weil ich dachte, das würde sie interessieren.

»Acht Bäume«, zählte sie. »Achteinhalb könnte man sagen. Vielleicht neunzehn Schafe. Oder zwanzig, glaube ich. Das ist schwer zu erkennen.«

»Eher zwanzig«, schätzte der General.

Es war schwer, sie zu zählen, weil die Körper ineinander übergingen, wenn zwei Schafe in derselben Farbe dicht beisammen standen. Der Führer behaupte, sagte der General, der Hund habe den Engel früher bemerkt als die Hirten. Mir kam das etwas weit hergeholt vor, aber das behielt ich für mich.

»Ich liebe den Hund«, sagte Aimée. »Ich *liebe* ihn.«

Otmar, der weggegangen war, um andere Bilder zu betrachten, gesellte sich jetzt wieder zu uns. Aimée nahm ihn an der Hand und deutete auf all die Details, von denen sie schon geschwärmt hatte. »*Besonders* der Hund«, setzte sie hinzu.

Ich war ziemlich froh, als wir schließlich wieder die Treppe hinabstiegen. Bilder von Engeln und Heiligen und von der Jungfrau Maria mit dem Jesuskind sind sehr schön, und natürlich sollte man sich daran erfreuen, aber ein Heiligenbild nach dem anderen kann auch des Guten zuviel sein. Ich fragte mich, ob Mr. Riversmiths Frau mir zugestimmt hätte, und ich sprach ihn darauf an, da ich unbedingt herausbekommen wollte, wie diese Frau war. Ich sagte, ich hätte mehr als dreißig Marienbilder gezählt.

»Vielleicht wäre der Dom eher das richtige für Francine gewesen?«

Aber Mr. Riversmith kaufte gerade eine Ansichtskarte und hörte es nicht. Es war interessant, daß er zum zweiten Mal verheiratet war. Ich machte mir auch darüber meine Gedanken.

»Otmar sagt, man kann den Rathausturm hochsteigen«, sagte Aimée am Ansichtskartenstand. »Das wollen wir jetzt machen.«

Auf dem Rückweg zur Piazza del Campo sah ich Quinty und Rosa Crevelli in einem Hauseingang herumlungern. Sie rauchten und blätterten eine Fotozeitschrift durch, und sie kicherten, während Quinty umblätterte. Ich war froh, daß sie uns nicht sahen und daß niemand zufällig in ihre Richtung blickte, als wir vorbeigingen. Man konnte am Titelbild erkennen, um was für eine Art Zeitschrift es sich handelte.

»Warum hab ich dich nie kennengelernt?« hörte ich Aimée ihren Onkel fragen. »Ich wußte nicht mal, daß ich einen Onkel *habe.*«

Ich konnte seine Antwort nicht verstehen, irgend etwas über die Entfernung zwischen Virginsville, Pennsylvania, und dem Ort, wo sie und ihre Familie gewohnt hatten. Er wollte eindeutig nicht auf all das eingehen, aber als wir zu dem Platz abbogen, bestand sie immer noch darauf und schien etwas von der Wahrheit zu wissen.

»Konntest du sie nicht leiden?«

»Ich konnte sie sehr gut leiden.«

»Hattet ihr Streit?«

Er zögerte. Dann sagte er:

»Eine dumme Meinungsverschiedenheit.«

Der alte Mann sagte, daß er nicht auf den Turm steigen, sondern statt dessen nach seinen Gartenhandbüchern suchen werde. Wir vereinbarten, uns in einer Stunde in dem Restaurant neben dem Café zu treffen, in dem wir gefrühstückt hatten: Il Campo. Ich ging allein los, um bei ein paar Schuhgeschäften vorbeizuschauen.

Ich suchte ein Paar hellbraune Schuhe mit halbhohen Absätzen, aber meine Suche war nicht von Erfolg gekrönt, so daß ich in eine Bar in der Nähe des Platzes mit all den Banken verschwand. »*Ecco, signora!*« rief der Kellner fröhlich und brachte mir, was ich bestellt hatte. Es war angenehm, dort zu sitzen und die Leute zu beobachten. Ein schick gekleidetes Paar saß in meiner Nähe, die Frau raffiniert zurechtgemacht, ihr Begleiter elegant, im Leinenanzug mit blauer Seidenkrawatte. Ein einzelner Mann mit Bart las *La Stampa.* Zwei hübsche Mädchen, die wie Zwillinge aussahen, plauschten miteinander. »*Ecco, signora!*« sagte der Kellner erneut. Der Traum von Mr. Riversmith, den ich gehabt hatte, war sonderbar, und ich fragte mich immer noch, wie um alles in der Welt ich Kenntnis von etwas so Persönlichem erlangt haben konnte, noch dazu so aufschlußreich und ausführlich. Ich hörte immer noch, wie er mir von dem Familienzwist erzählte, und ich freute mich, daß wir uns endlich unterhalten hatten.

»*Bellissima!*« schwärmte wenig später eine Verkäuferin. Ich hielt eine farbenprächtige Henne in Händen. Sie war mir in einem Schaufenster voller Papierwaren aufgefallen,

Seite an Seite mit einer bemerkenswert zusammengeringelten Schlange und einem Krokodil. Alle waren voll wirbelnder, gezackter Farben auf einem Material, das ich aus einiger Entfernung für Pappmaché hielt. Aber als ich die Tiere mit der Hand berührte, stellte ich fest, daß sie aus Holz geschnitzt waren und man Papier darauf gepreßt hatte, statt sie zu bemalen.

Ich kaufte die Henne, weil sie am witzigsten war. Man wickelte sie für mich in schwarzes Seidenpapier und packte sie in eine Tragetüte mit einem Muster aus Fußabdrücken darauf. Liebte er Francine? fragte ich mich und versuchte sie mir erneut vorzustellen – wie sie Insekten durch ein Mikroskop betrachtete, in ihrem Toyota fuhr. Aber es gelang mir nicht.

Statt dessen sah ich, als ich den Laden verließ, Mr. Riversmith selbst. Er bog um eine Ecke und verschwand, während ich ihn beobachtete. Ich blieb einen Augenblick lang stehen, lief ihm aber schließlich nach.

»Mr. Riversmith!«

Er drehte sich um und wartete, als er sah, wer es war. Die Straße, in der wir uns befanden, war nicht mehr als eine Gasse, feucht und schattig. Wenn wir an ihrem Ende links abbögen, sagte Mr. Riversmith, würden wir uns bald auf dem Campo wiederfinden.

»Tun wir das nicht«, schlug ich, vielleicht etwas kühn, vor.

Ich hatte durch einen Hof ein schönes, kleines Hotel gesehen, das ganz mit Kletterpflanzen überwuchert war. Dorthin zog ich Mr. Riversmith.

»Das ist, was wir suchen.« Ich führte ihn hinein und in eine hübsche Bar.

»Kommen die anderen auch hierher? Ich dachte, wir hätten vereinbart...«

»Setzen wir uns einfach, ja?«

Stellen Sie es sich dort drinnen etwas düster vor, da das Licht von den Kletterpflanzen abgehalten wird, die sich um die Fenster ranken. Die Tischplatten sind grün, Stühle und Wandbekleidung rot. Die beiden Barkeeper sehen wie Brüder aus, jung und schmächtig, mit dunklen Schnurrbärten. Ansonsten sitzen an den Tischen nur ein paar vereinzelte Gäste. Auf den Tischen stehen Blumen in Vasen.

»Kommen die anderen hierher?« fragte Mr. Riversmith wieder.

»Etwas Ruhe für Sie«, erwiderte ich und lächelte freundlich. »Ich glaube, Sie würden ein bißchen Ruhe und Frieden begrüßen, hm? Also, ich bestehe darauf, Ihnen einen Cocktail zu spendieren.«

Er schüttelte den Kopf. Er sagte wohl, daß er mitten am Tag keinen Alkohol trinke, aber da ich erkannte, daß er sich nur aus Höflichkeit weigerte, um nicht noch mehr Gastfreundschaft akzeptieren zu müssen, schenkte ich dem keine Beachtung. Ich bestellte ihm einen Old Fashioned, da der in meinem Haus als sein Drink galt.

»Hier ist es sehr angenehm«, bemerkte ich und lächelte erneut in dem Versuch, ihm seine Befangenheit zu nehmen. Ich sagte, es gebe keinen Grund, warum er und ich nicht ein bißchen zu spät zum Essen kommen sollten. Wenn sich jemand darüber das Maul zerreiße, so wäre das Unsinn.

Er runzelte die Stirn, als sei er verwundert über diesen drastischen Ausdruck. Ich schüttelte den Kopf, um damit anzudeuten, daß das keine Rolle spiele, daß nichts von Bedeutung gesagt worden sei. Der Barkeeper brachte unsere Drinks. Ich sagte:

»Ich frage mich, was für ein Mensch Sano di Pietro war.«

»Wer?«

»Der Künstler, der das Bild gemalt hat, von dem das Kind so entzückt war. Übrigens bin ich der Meinung, daß diese Bemerkung im Führer darüber, daß der Hund den Engel als erster bemerkt hat, etwas weit hergeholt ist.«

Er schien zu nicken, aber es war eine so leichte Kopfbewegung, daß ich mich geirrt haben konnte.

»Haben Sie das nicht auch gedacht? Haben Sie es bemerkt?«

»Also, nein, das kann ich wirklich nicht behaupten.«

Die Bar füllte sich. Ich lenkte Mr. Riversmiths Aufmerksamkeit auf einen älteren Mann mit einer winzigen randlosen Brille in Gesellschaft eines jungen Mädchens. Ich senkte die Stimme und fragte ihn, was das seiner Meinung nach für eine Beziehung sei. Er erwiderte verständnislos, daß er das nicht wisse.

Ich fragte ihn bei anderen Paaren danach, bei einer Gruppe von Männern, die eindeutig ein gemeinsames Geschäftsinteresse hatten. Das erinnerte mich an die Männer in Carrozza 219, aber ich hielt es für unangebracht, es zu erwähnen. Einer aus der Gruppe zog wiederholt kleine Gegenstände aus einer seiner Taschen und legte sie eine Weile auf den Tisch. Ich dachte, es könnten Knöpfe sein. Ich fragte mich, ob die Männer in der Knopfbranche tätig waren.

»Knöpfe?« fragte Mr. Riversmith.

»Nur so eine Ahnung«, sagte ich, und dann betrat eine

Gruppe Japaner die Bar, und ich sagte, daß einem bei Japanern eine Sache sofort ins Auge falle – daß man keine Ahnung habe, woran man bei ihnen sei.

»Ja«, sagte Mr. Riversmith.

Ich wollte die ganze Zeit über den Tisch langen und ihm zur Beruhigung über den Handrücken streichen, aber ich ließ es natürlich bleiben. »Was ist los?« wollte ich ihn einfach fragen, ohne viel Aufheben darum zu machen. Er bot mir nicht an, einen Drink zu bestellen, was schade war, weil der zweite Drink für einen Mann wie Mr. Riversmith ein richtiger Lockermacher sein kann. Das ganze Gefühl, sich verständigen zu können, das dagewesen war, als er vor ein paar Stunden über seine Schwester gesprochen hatte, war verschwunden.

»Ich denke wirklich, daß wir uns zu den anderen begeben sollten, Mrs. Delahunty.«

Obwohl ich gesagt hatte, daß ich ihn einladen würde, hatte er bereits einen Geldschein auf den Tisch gelegt, und innerhalb von ein paar Minuten waren wir wieder zurück auf der Straße. Ich mußte schnell gehen, um mit ihm Schritt halten zu können.

»Ich habe bloß gedacht«, sagte ich etwas atemlos, »ein paar Minuten Ruhe würden Ihnen vielleicht guttun, Mr. Riversmith.«

Obwohl er es in keiner Weise zeigte, glaube ich, daß er das vielleicht zu schätzen gewußt hat. Ich glaube, daß es vielleicht seiner Eitelkeit geschmeichelt hat. Er verlangsamte seinen Schritt, und wir traten gemeinsam in das strahlende Sonnenlicht auf dem Campo. Die anderen saßen draußen um einen Tisch unter einer blauweiß gestreiften Markise. Zu meinem Entsetzen waren auch

Quinty und das Dienstmädchen da. Quinty langweilte den General mit Einzelheiten über die Tour de France.

»Jean-François hat das Gelbe Trikot übernommen«, sagte er gerade, als wir uns näherten, und der alte Mann nickte liebenswürdig. Er zeigte mir ein Buch über Blumen, das er gekauft hatte, der Text auf italienisch, aber mit im Detail äußerst sorgfältigen Abbildungen von Azaleen. »Mollis und Knaphill«, sagte er, und folgte mit dem Zeigefinger den Umrissen dieser Arten. »Kurume und Glenn Dale. Wir *schaffen es*, daß sie wachsen.«

Otmar und Aimée sahen ihre Ansichtskarten durch. Rosa Crevelli hatte eine Puderdose aufgemacht und trug Lippenstift auf. Quinty hatte es aufgegeben, den General für Fahrradrennen zu interessieren, und zeigte, den Kopf zur Seite gelegt und voll Bewunderung für sie, sein schiefes Lächeln.

»Ich habe eine wirklich prächtige Henne gekauft«, sagte ich.

Vorsichtig packte ich meine Belohnung aus. Aimée schnappte nach Luft, als das schöne Tier aus dem schwarzen Seidenpapier kam.

»Sie haben auch Krokodile und Schlangen, Aimée, aber die Henne hat mir am besten gefallen.«

»Uiii, die ist phantastisch!«

»›Wer hilft mir, mein Korn zu mahlen?‹ Kennst du die Geschichte von der kleinen roten Henne, Aimée?«

Sie schüttelte den Kopf.

»›Ich nicht‹, sprach der Hund. ›Ich nicht‹, sprach die Katze.« Ich erzählte ihr die ganze Geschichte, so wie Mrs. Trice sie mir vor ganz langer Zeit erzählt hatte, als ich noch jünger war als Aimée.

»Na, die hab ich ja noch gar nicht gekannt«, sagte Quinty. »*Capisci?*« fragte er Rosa Crevelli. »Die Signora spricht von einem Huhn auf einem Bauernhof. *Una gallina.*«

Ich beugte mich zu Mr. Riversmith hinüber, der neben mir saß, und sagte, ich hätte gehofft, daß Quinty und das Mädchen woanders zu Mittag essen würden. »Ich muß mich dafür entschuldigen, daß Sie mit Dienstboten an einem Tisch sitzen müssen.«

Er schüttelte den Kopf, so als wollte er sagen, daß das keine Rolle spiele. Aber es *spielte* eine Rolle. Es war anmaßend und unangenehm. Ich zog die Aufmerksamkeit eines Kellners auf mich und gab ihm zu verstehen, daß Mr. Riversmith Lust auf einen Old Fashioned und ich selbst gern einen Gin Tonic hätte. Ich bestellte beides still und heimlich; aber Quinty hört einfach alles.

»G and T!« rief er dem Kellner über den Tisch hinweg zu, und der wiederholte die Abkürzung, da er sie anscheinend lustig fand. »Hätten Sie gern G.T.?« fragte er alle der Reihe nach. »Ich hätte gern einen«, sagte Rosa Crevelli. Mr. Riversmith sagte, er wolle keinen Old Fashioned.

»Das war nicht vereinbart, sie hat sich selbst eingeladen. Man könnte sagen, sie sind Taugenichtse.«

Quinty sei völlig heruntergekommen gewesen, fuhr ich fort; das Mädchen stamme von Zigeunern ab. Während ich sprach, kam der Kellner mit meinem Gin Tonic und einem für Rosa Crevelli zurück. »*Due* G.T.!« rief er und gab vor, die ganze Begebenheit komisch zu finden. Als er unsere Bestellungen fürs Mittagessen aufnahm, blödelte er herum, indem er theatralische Posen einnahm und mit den Augen rollte. Mit all dem hatten Quinty und das

Dienstmädchen angefangen. Darauf machte ich Mr. Riversmith aufmerksam, setzte aber hinzu, daß sie es nicht böse meinten.

»Es kann verletzend sein«, sagte ich, »aber so ist das nun mal.«

Der General hatte sein Gartenbauhandbuch beiseite gelegt und beschrieb Otmar den Zweck verschiedener Arten von Spaten. Quinty beteiligte sich an dem Gespräch und sagte etwas von einer hiesigen Firma, die Dünger zu einem guten Preis liefere. Er riet dem General, einen Kostenvoranschlag einzuholen, wenn Arbeitskräfte gebraucht würden. In Italien sollte man immer einen Kostenvoranschlag einholen. Rosa Crevelli plapperte irgendwas auf italienisch, und alle mußten warten, bis es übersetzt war. Es war ziemlich unbedeutend, hatte etwas damit zu tun, wo man Kübel für die Azaleen bekommen konnte.

»Etwas ganz Sonderbares«, sagte ich zu Mr. Riversmith, da ich der Versuchung nicht länger widerstehen konnte, ihm von dem Traum zu erzählen. Während ich sprach, kam der Kellner mit Wein- und Mineralwasserflaschen. Er trieb wieder seine Scherze und schenkte mir zwei Gläser Wein ein und dann, in gespielter Verwirrung, ein drittes. Aimée machten seine Blödeleien Spaß, und vermutlich war es auch ganz harmlos.

»Sie waren noch ein Junge«, sagte ich. »Fünfzehn oder so.«

Aber Mr. Riversmith zeigte keinerlei Interesse. Ich fragte ihn, ob er selbst die Nacht zuvor geträumt habe, und er bestand darauf, daß dem nicht so gewesen sei. Er träume selten, sagte er.

Ich äußerte, wenn auch zaghaft, die Ansicht, daß kein Mensch nachts schlafen könne, ohne zu träumen. Manchmal vergäßen wir, daß wir träumten. Wir erinnerten uns kurz daran und vergäßen es dann. Oder erinnerten uns überhaupt nicht daran.

»Damit kenne ich mich nicht aus«, sagte Mr. Riversmith.

In der Hoffnung, ihn aufzumuntern, erzählte ich ihm alle Einzelheiten des Traums. Ich schilderte den Jungen, der er gewesen war. Ich schilderte das Kind, das seine Schwester Phyl gewesen war. Ich fragte ihn, ob er sich an eine Jalousie erinnere, die vielleicht ab und zu geklappert habe, weil eine Leiste in der Küche gegen den Fensterrahmen geschlagen habe.

»Nein.«

Die Antwort kam zu schnell. Um sich zu erinnern, ist es notwendig, einen Augenblick lang nachzudenken, oder sogar ein paar Minuten. Aber ich wollte nicht darauf herumreiten. Ich trank aus und schob den Teller Suppe weg, ohne davon probiert zu haben. Es war enttäuschend, daß Mr. Riversmith sich nicht damit befaßte, aber das ließ sich natürlich nicht ändern.

»Ich habe bloß gedacht, daß ich es ansprechen sollte«, sagte ich.

Ich glaube nicht, daß er während des Mittagessens noch einmal etwas sagte, aber später, als wir durch die Straßen zum Wagen gingen, bemerkte ich zu meiner Überraschung, daß er versuchte, Rosa Crevelli in ein Gespräch zu verwickeln. Da sie so gut wie kein Englisch spricht, muß es äußerst frustrierend für ihn gewesen sein. Um so verblüffender war es, daß er nicht davon abzulassen schien.

Das ärgerte mich ein bißchen, und ich ging ziemlich schwermütig neben dem General, dessen langsamer Gang mir entgegenkam. Am Tag zuvor waren mir weitere Briefe von den beiden Anwaltskanzleien aufgefallen, so daß ich dieses Thema zur Sprache brachte, während wir nebeneinanderher gingen.

»Ich habe geschrieben, um ihnen mitzuteilen, daß ich einen Garten anlege.«

»Gut, General!«

»Was ich Sie eigentlich fragen wollte: Sie haben doch nichts dagegen, daß Otmar und ich unsere Abreise um eine Weile verschieben, oder?«

»Natürlich nicht.«

»Er hat Angst, es Ihnen zu sagen, aber er wüßte gern, ob es möglich wäre, daß er mit dem Garten Kost und Logis für sich bezahlt?«

»Natürlich geht das.«

»Von meiner Seite ist es ein Geschenk, verstehen Sie? Ich zahle weiterhin meinen wöchentlichen Betrag.«

»Ganz wie Sie wollen, General.«

Da wir an mehreren kleinen Cafés und Bars vorbeikamen, schlug ich vor, er solle sich ein paar Minuten ausruhen und noch eine Tasse Kaffee trinken. Er stimmte ohne weiteres zu, und als wir etwas Passendes gefunden hatten, entschied ich mich, keinen Kaffee mehr zu trinken, sondern bestellte statt dessen ein Glas Grappa.

»Ein Garten kann nichts ungeschehen machen.« Der alte Mann kam ganz plötzlich wieder auf das Thema zurück, vielleicht weil er das Gefühl hatte, daß jetzt, da er mich ein paar Minuten für sich allein hatte, der richtige Augenblick sei, um es zu anzusprechen. »Aber zumindest wird er unsere Genesung in Ihrem Haus symbolisieren.«

»Bleiben Sie, solange Sie wollen«, erwiderte ich leise, weil ich wußte, daß es eigentlich das war, worüber wir redeten.

»Das ist sehr freundlich von Ihnen«, sagte er.

Auf der Rückfahrt zu meinem Haus machten wir einen Umweg, bogen von der Hauptstraße ab und fuhren die sich schlängelnde Straße zu einem Benediktinerkloster hinauf. Dort war es grün und kühl, und hoch oben an einem Torbogen war eine bunte Skulptur, und auf der anderen Seite an der gleichen Stelle noch eine: Das ist die Abtei von Monte Oliveto Maggiore, die dem Himmel auf Erden so nahe wie möglich kommt. Mit Ausnahme des Generals stiegen wir alle mehrere Treppen hinunter und gingen durch einen Wald zur Klosterkirche in einer kühlen Senke hinab. Den Kreuzgang entlang zogen sich Fresken aus dem Leben des heiligen Benedikt. Tauben gurrten einander an und flogen von Zeit zu Zeit auf. Im Klosterladen waren Andenken geschmackvoll ausgestellt.

»O Mann!« rief Aimée und war genauso entzückt wie über das Bild mit den Hirten und die Henne, die ich ihr gekauft hatte. »Otmar, *isn't it fantastic?*«

Otmar hielt sich immer unauffällig hinter ihr. Seine Anhänglichkeit war bemerkenswert, und sie drehte sich ständig zu ihm um, um ihm mitzuteilen, was ihre Phantasie angeregt hatte, ihm zu erzählen, woran sie gedacht hatte, oder um einfach zu lächeln.

»*It is fantastic*«, sagte er.

»Wie heißt *fantastic* auf deutsch, Otmar?«

»Phantastisch.«

»Phantastisch.«

»Gut so, Aimée.«

»Würde ein Deutscher mich verstehen?«

»Ja. Ja.«

»Sag mir ein anderes Wort. Sag mir den Namen eines Vogels.«

»*Dove* heißt Taube. *Seagull* heißt Möwe.

»Was sagt man für *beautiful*?«

»*Beautiful* heißt schön.«

»Schön.«

»Gut so.«

»Möwe.«

»Ebenfalls gut.«

Mr. Riversmith kaufte ihr eine kleine rotgrüne Schatulle mit Schubladen drin, dann stiegen wir wieder hinauf zu der Stelle, wo der General auf uns wartete. Er hatte ein Café entdeckt und las wieder etwas über Blumen.

»Da unten ist es richtig schön«, erzählte ihm Aimée. »Ein Mönch hat mir den Kopf getätschelt.«

Als wir zum Wagen gingen, gelang es mir, Otmar beiseite zu ziehen, um ihm zu versichern, daß mir sein Vorschlag zur Begleichung seiner Schulden völlig recht sei, und um auch ihm noch einmal zu sagen, daß er gern so lange in meinem Haus bleiben könne, wie er wolle.

»Ich verstehe nichts von dieser Arbeit. Ich habe keine Erfahrung damit.«

Ich beruhigte ihn auch in dieser Hinsicht, und währenddessen kam mir aus irgendeinem Grund ein lebhaftes Bild in den Sinn: wie er am 5. Mai die Zugfahrkarten nach Mailand kaufte und die Geldscheine zählte, die er als

Wechselgeld zurückbekam. »Wollen wir einen Cappuccino trinken?« schlug Madeleine vor. »Wir haben genug Zeit.« Ich hätte ihm eine Hand auf die Schulter legen können, von der ihm der Arm abgenommen worden war, aber irgendwie brachte ich es nicht über mich. Ich hätte sagen können, daß er sich keine Vorwürfe machen solle. Ohne alles zu wissen, hätte ich sagen können, daß es in Ordnung sei.

»Es ist möglich«, sagte ich statt dessen. »Es ist ein Leben möglich, das du dir nicht vorstellen konntest, als du im Krankenhaus gelegen hast, Otmar.«

Einen Augenblick lang traf sich mein Blick mit dem der ängstlichen Augen hinter der großen Brille. Ich erinnerte mich daran, wie er seine Finger mit denen von Madeleine verflochten hatte und wie der alte Mann neben seiner Tochter gesessen hatte, als hätte er einen Besenstiel verschluckt. Ich erinnerte mich daran, wie die beiden Kinder sich im Flüsterton gestritten hatten und wie ein Arbeiter mit einer Schaufel neben den Gleisen gestanden hatte.

»Sie fliegt zurück nach Amerika«, sagte Otmar, und damit endete unser Gespräch.

Im Wagen ergötzte Quinty Mr. Riversmith mit dem Wissen über die heilige Maria von Ägypten, das er irgendwo aufgeschnappt hatte. »Sie war Sängerin und Schauspielerin«, wehten seine Worte nach hinten, wo ich saß, und er erzählte weiter, daß Hunde auf Nahrungssuche die sterblichen Überreste der heiligen Bibiana nicht anrühren wollten und daß die heilige Lucia drei Jahre lang jeden Mittwoch und Freitag aus ihren Wundmalen geblutet hatte. Ich konnte nicht verstehen, was Mr. Riversmith erwiderte, und bemühte mich auch nicht besonders darum, weil es keine Rolle mehr spielte, daß Quinty seinen großen Tag hatte. Aber es spielte eine Rolle, daß Mr. Riversmith ein ehrgeiziger Mensch war: Der Gedanke war mir vorher noch nicht gekommen. Er war ehrgeizig, und Francine hatte ehrgeizige Pläne für ihn und für sich selbst. Es gab noch andere Professoren mit Mikroskopen, die andere Ameisenkolonien an anderen Bäumen beobachteten. Er und Francine mußten ihren Vorsprung halten. Sie mußten als erste am Ziel sein. Wieviel Zeit konnten sie einem Kind widmen, das ihnen aus heiterem Himmel aufgebürdet wurde? Würde es den brennenden Ehrgeiz in Virginsville, Pennsylvania, stören? Das fragte ich mich, während Quinty weiterhin Unsinn erzählte und der arme Mr. Riversmith ihm zuhören mußte.

Als wir zurückkamen, legte ich mich für eine Stunde hin; es war kurz vor sieben, als ich mich unten wieder zeigte. Aimée sei schon im Bett, sagte der General, und wolle ihrem Onkel und mir gute Nacht sagen. Wir beide gingen gemeinsam zu ihrem Zimmer, in dem die Fensterläden angelehnt waren, um ein abendliches Dämmerlicht zu erzeugen. Als Mr. Riversmith ihren Namen sagte, antwortete sie sofort. Ich setzte mich auf die Bettkante. Er blieb stehen.

»Aimée, ich möchte gern, daß du die Henne, die ich gekauft habe, behältst. Sie ist ein Geschenk an dich.«

Zu meiner Überraschung schien sie verwirrt zu sein. Ihre Stirn legte sich in Falten, als ergäbe das, was ich gesagt hatte, keinen Sinn. Dann wandte sie sich ihrem Onkel zu.

»Ich wußte nicht, daß ihr Streit hattet.«

»Das war unbedeutend.«

»Aber es ist *passiert.*«

»Ja, es ist passiert.«

Da mir das unzureichend erschien, setzte ich hinzu:

»Meinungsverschiedenheiten sind nicht so schlimm, Aimée.« Und dann wechselte ich bewußt das Thema: »Erinnerst du dich an das Bild mit den Hirten?«

»Hirten?«

»Die Hirten mit ihrem Hund.«

»Und einer *Henne*?«

»Nein, nein. Die Henne habe ich dir gekauft.«

»Was war sonst noch auf dem Bild?«

»Na ja, Schafe in einem Pferch.«

»Was noch?«

»Es gab Berge und Häuser«, sagte Mr. Riversmith, und obwohl ich ihn nicht ansah, vermutete ich, daß er das bekannte Stirnrunzeln zeigte.

»Und acht Bäume«, setzte ich hinzu. »Erinnerst du dich nicht, daß wir sie gezählt haben?«

Ich sah durch die Dunkelheit, wie sie den Kopf schüttelte. Ihr Onkel sagte:

»Ich schätze, du erinnerst dich an den Engel im Himmel, Aimée?«

»Seid ihr gekommen, um mir gute Nacht zu sagen? Ich bin jetzt müde.«

Ich erwähnte den Besuch im Kloster, aber der ganze Tag mit Ausnahme jenes Hinweises auf einen Streit schien aus Aimées Gedächtnis getilgt zu sein. Ihre Atemzüge wurden tiefer, während wir bei ihr blieben. Ich konnte sehen, daß sie schlief.

»Das ist nicht gut«, sagte ihr Onkel.

Natürlich war der Mann bestürzt; unter diesen Umständen wäre es jedem so gegangen. Er fragte, ob er mit Dr. Innocenti telefonieren könne, und rief ihn von der Diele aus an. Ich lauschte am Nebenanschluß in meinem Arbeitszimmer, da ich das Gefühl hatte, daß mich diese Sache etwas anging.

»Ja, das wird vorkommen«, sagte Dr. Innocenti.

»Das Kind leidet an zeitweiliger Amnesie, Doktor.«

»Das würde Ihnen genauso gehen, Signore, wenn Sie erlebt hätten, was Ihre Nichte erlebt hat.«

»Aber es ist so plötzlich gekommen. Hat das an der Aufregung heute gelegen, an dem Besuch in Siena?«

»Das würde ich nicht sagen, Signore.«

Mr. Riversmith sagte, er habe Vorbereitungen getroffen, in vier Tagen mit Aimée nach Pennsylvania zurückzukehren. Er frage sich, ob das voreilig gewesen sei. Er frage sich auch, ob seine Nichte nicht wieder zur Beobachtung ins Krankenhaus eingeliefert werden sollte.

»Die Reise wird Ihrer Nichte nicht schaden, Signore.«

»Den ganzen Tag schien es ihr gut zu gehen.«

»Signore, ich kann Ihnen versichern, daß sie besser genesen ist, als wir im Krankenhaus zu hoffen gewagt haben. Alles übrige ergibt sich mit der Zeit. Und vielleicht mit ein bißchen Glück. Seien Sie nicht so betrübt, Signore.«

Natürlich mußte Dr. Innocenti ehrlicherweise sagen, daß die Reise ihr nicht schaden würde. Wir mußten uns auch nicht über die Reise Gedanken machen, sondern über das Reiseziel. Und das anzusprechen, konnte Dr. Innocenti sich nicht erlauben. Es folgten weitere Beteuerungen, aber Mr. Riversmith war natürlich trotzdem alles andere als erleichtert. Kaum war das Gespräch mit Dr. Innocenti beendet, da rief er auch schon seine Frau in Virginsville an. Ich hatte mir gedacht, daß er das tun würde, und nahm erneut in meinem Zimmer den Hörer ab. Sie sei nicht überrascht, sagte die Frau. In einem Fall wie diesem müsse man immer mit Schwierigkeiten rechnen. Ihre Stimme klang heiser, tief wie die eines Mannes, und weil ich sie gehört hatte, malte ich mir schließlich ohne Schwierigkeiten die Frau aus, zu der sie gehörte: ein schmales, wettergegerbtes Gesicht, kurzsichtige Augen unter strähnigem Pony, die Augenbrauen nicht ausgezupft.

»Was Sie brauchen, ist ein schöner starker Drink«, sagte ich etwas später, als Mr. Riversmith im *Salotto* erschien. Er sah mitgenommen aus. Soweit ich es beurteilen konnte, war sie recht unsanft mit ihm umgesprungen, nachdem ich den Hörer aufgelegt hatte. Soweit ich es beurteilen konnte, machte ihm diese wettergegerbte Frau Vorwürfe wegen des Schlamassels, in dem sie steckten – einem Kind, das allem Anschein nach total verrückt war, ein Zuhause geben zu müssen. Hinzu kam, daß die Hitze in Siena sich ungünstig auf seine Schwierigkeiten mit dem Zeitunterschied ausgewirkt haben konnte. Ich schenkte ihm einen Whisky ein, da Whisky bei Schock am besten ist.

10

Nachdem ich an jenem Abend mein Bad genommen hatte, kam es dazu, daß ich mich, noch unbekleidet, kurz in meinem großen Schlafzimmerspiegel betrachtete. Meine Haut war noch fleckig vom warmen Wasser, die Wunden vom 5. Mai verheilten zu deutlich sichtbaren Narben. Der dunkle Fleck meiner Bauchhaare betonte die Drallheit, die sich überall zeigte – an Wangen und Oberschenkeln, Brüsten, Armen und Schultern. Um die Wahrheit zu sagen, glaube ich, daß mir das in meinen mittleren Jahren besonders gut steht. Wenn ich hager wäre, würde ich mich unbehaglich fühlen.

Ich wählte an jenem Abend ein Kleid in Gelb und Jadegrün, mit einem Farnmuster auf blassem, kalten Untergrund. Dazu legte ich Schmuck an – schlichte Goldplättchen als Ohrringe, eine dazu passende Halskette, Ringe und einen Armreif. Ohne Eile schminkte ich mir das Gesicht und lackierte mir die Fingernägel neu. Meine Schuhe, hochhackig und mit Riemchen, paßten zum Jadegrün meines Kleides.

»Sie beschämen uns heute abend«, bemerkte der General, als wir zum Abendessen auf der Terrasse saßen, und man konnte sehen, daß auch Otmar beeindruckt war. Aber Mr. Riversmith zeigte keinerlei Reaktion. Während des ganzen Abendessens konnte man sehen, daß er sich wegen des Kindes Sorgen machte.

»Sie dürfen sich keine Sorgen machen«, sagte ich, als wir allein waren. Ein Einheimischer, der Maschinen zum

Pflügen vermietete, war eingetroffen, und der General und Otmar waren hinters Haus gegangen, um mit ihm zu reden.

»Sie leidet an einer Form von Amnesie«, sagte Mr. Riversmith. »Sie malt Bilder und vergißt dann, daß sie von ihr stammen. Sie hat einen ganzen Tag vergessen.«

»Wir haben Glück, daß Dr. Innocenti da ist.«

»Warum hat der Deutsche gesagt, daß er die Bilder gemalt hat?«

»Ich nehme an, weil es eine Erklärung dafür geben muß, daß die Bilder da sind. Andernfalls würde es Aimée beunruhigen.«

»Das stimmt nicht. Es stiftet Verwirrung.«

Aufgrund seiner Verzweiflung war er so mitteilsam wie in dem Moment, als er ein schlechtes Gewissen wegen seiner Schwester gehabt hatte. Verzweiflung geht mit dem Bedürfnis zu reden einher. Das ist mir aufgefallen. Es wäre jetzt nicht gerechtfertigt gewesen, ihn ehrgeizig zu nennen.

»Betrachten Sie es einmal so, Mr. Riversmith, ein Ereignis, wie wir es zusammen erlebt haben, läßt die Menschen enger zusammenrücken. Es könnte sein, daß Überlebende einander verstehen.«

Er zog seine dunklen Augenbrauen zusammen, kräuselte die Lippen, kniff sie zusammen und entspannte sie dann wieder. Ich beobachtete, wie er über das nachdachte, was ich gesagt hatte. Er nickte nicht und schüttelte auch nicht den Kopf, und in diesem Augenblick hatte ich den Eindruck, daß er eine ganz leichte Ähnlichkeit mit Joseph Cotten hatte. Ich äußerte mich nicht dazu, sondern betonte, daß uns vier normalerweise nichts verbinden würde.

»Wissen Sie zufällig, ob man den Fall zu den Akten gelegt hat?« fragte er, ohne etwas auf das zu erwidern, was ich gesagt hatte.

Ich wußte auf diese Frage keine Antwort. Da die Kriminalbeamten nicht mehr in mein Haus kamen, waren wir darüber überhaupt nicht auf dem laufenden. Das letzte, was ich gehört hatte, war, daß sie es als ihre größte Hoffnung ansahen, eine Verbindung zwischen den Ereignissen des 5. Mai und irgendeinem anderen Anschlag, selbst einem, der noch gar nicht stattgefunden hatte, herstellen zu können. All das wiederholte ich, und Mr. Riversmith bemerkte sarkastisch:

»So wie die Ermittlungen der Polizei gelaufen sind, ist das wohl kaum ermutigend.«

Ich nippte an meinem Drink, ohne etwas zu sagen. Es war eher die Art von Joseph Cotten als eine Ähnlichkeit. Eine Pfeife, zwischen die kräftig aussehenden Zähne geklemmt, hätte nicht fehl am Platze gewirkt. Man sah diese Zähne nicht oft, weil er so selten lächelte. Das erschien mir immer bedauerlicher.

»Es gibt Rätsel auf dieser Welt«, sagte ich so leichthin wie möglich. »Es gibt Rätsel, die außerhalb der Möglichkeiten von Kriminalbeamten liegen.«

Das leugnete er nicht, aber er stimmte mir auch nicht zu. Wenn er eine Pfeife gehabt hätte, so hätte er sie jetzt wieder angezündet. Er hätte den Tabak in den Pfeifenkopf aus Kirschbaum gestopft und hätte daran gezogen, um ihn wieder zum Glühen zu bringen. Es tat mir leid, daß er beunruhigt war, obwohl es dadurch leichter war, sich mit ihm zu unterhalten. Um uns herum tauchten Glühwürmchen auf.

»Ich habe versucht, Sie kennenzulernen, Mr. Riversmith.«

Vielleicht täuschte das Dämmerlicht, aber einen Augenblick lang glaubte ich, Lachfältchen auf seinem Gesicht zu sehen und das strahlende Aufblitzen seiner gesunden Zähne. Ich klopfte eine Zigarette aus einer Schachtel MS und hielt sie ihm hin. Er hatte bisher nicht geraucht und tat es auch jetzt nicht. Ich fragte ihn, ob ihn der Geruch einer Zigarette störe.

»Rauchen Sie ruhig.«

»Sie haben von Rätseln angefangen, Mr. Riversmith.« Ich erzählte ihm weiter von dem Gefühl, das ich die ganze Zeit hatte – daß sich um uns herum eine Geschichte aus gewöhnlichen Alltäglichkeiten entwickelte, anscheinend von einem tieferen Sinn erfüllt, der noch rätselhaft war. Ich sprach von Teilen eines Puzzles, die auf einem Tisch durcheinanderlagen, und hoffte, ihm den ungeordneten Haufen ausgestanzter Formen vor Augen führen zu können.

»Ich begreife das nicht ganz«, sagte er.

»Überleben ist eine komplizierte Angelegenheit.«

Von der Rückseite des Hauses drang die Stimme des Italieners mit den Motorpflügen zu uns herüber, ein oder zwei holprige Sätze in gebrochenem Englisch, und dann die Erwiderung des Generals. So bald wie möglich, drängte der alte Mann. Es würde nicht schaden, die Erde mehrmals umzupflügen, jetzt, im Herbst und im Frühling. Der Italiener sagte, man brauche eine Wasserleitung, müsse dafür vom Brunnen her einen Graben ausheben. In den verfallenen Ställen gebe es genug Steine, man müsse keine mehr brechen lassen. Sie machten Terminvorschläge, diskutierten darüber und trafen dann eine Vereinbarung.

»Es war ein langer Tag.«

Während er sprach, stand Mr. Riversmith auf. Ich bat ihn, nur noch einen Augenblick zu bleiben. Ich goß etwas Wein in sein Glas, und in meins auch. Wegen seiner amerikanischen Herkunft erzählte ich ihm, daß ich in Idaho gewesen war. Ich erwähnte, daß ich als Kind vom Wilden Westen fasziniert gewesen sei, dem ich zum ersten Mal im Gaiety-Kino begegnet war. Ich sprach sogar von Claire Trevor und Marlene Dietrich.

»Idaho ist wohl kaum der Wilde Westen.«

»Man hat mich getäuscht. Ich war bloß ein dummes Kind.«

Ich erzählte ihm, wie Ernie Chubbs auf der Suche nach Aufträgen für Sanitäranlagen nach Idaho gegangen war und mich auf Spesen mitgenommen hatte; ich erzählte ihm, wie er mich nach Afrika mitgenommen hatte und dann verschwunden war. Im Café Rose sagten alle, sie glaubten, ich hätte Mrs. Chubbs getroffen, und es war klar, worauf sie damit anspielten. »Eine gesunde Frau«, sagten sie immer. »Die Frau von Chubbs war schon immer gesund.« Alles, was ich wußte, war, daß Ernie Chubbs jedesmal, wenn er von seiner Frau sprach, husten mußte.

Ich beschrieb Ernie Chubbs, weil es von Bedeutung war, seine Brille und sein gepflegtes schwarzes Haar, das er mit parfümiertem Öl einrieb. Ich erläuterte, daß er nicht mit den Sanitäranlagen selbst herumreiste, nur mit Prospekten voller Fotos. Ich mußte, um etwas Wesentliches zu veranschaulichen, wieder auf das Café Rose zu sprechen kommen und erklärte, daß er dort eine Bestellung aufnahm, daß der Artikel aber, als er ungefähr acht Monate später eintraf, einen Sprung hatte. »In dieser Hinsicht hat man dort Pech gehabt. ›Prüfen Sie Ihr Gewicht‹ hat auf einer Waage in der Toilette gestanden, aber wenn man seine Münze eingeworfen hat, ist nichts passiert. Die hat Chubbs ihnen auch verkauft. Er hat immer mit Waagen gehandelt.«

»Ich verstehe.«

Chubbs hatte noch ein anderes Produkt, das er »Scherzspülung« nannte. Wenn man an der Kette zog, rief eine Stimme: »Ha! Ha!« Man zog weiter daran, und sie sagte weiter: »Ha! Ha!« Es war beabsichtigt, daß man vor Verzweiflung aufgab; dann würde man die Tür aufmachen, um hinauszugehen, und das Ding würde von allein spülen. Was aber tatsächlich passierte, war, daß die Stimme »Ha! Ha!« sagte, als man die Scherzspülung installierte, und nicht mehr damit aufhörte und daß die Spülung nicht funktionierte, egal, was man anstellte. Außerdem sollte Musik ertönen, wenn man das Licht in der Toilette anschaltete, aber auch das klappte fast nie.

»Schließlich sind die Leute mit den fehlerhaften Waren Ernie Chubbs auf die Schliche gekommen.«

»Ich glaube wirklich, daß ich jetzt ins Bett muß.«

Für Frauen hatte Ernie Chubbs eine Schwäche: Er war Widder mit Stier im Aszendenten, ein großes Durcheinander für einen Mann von seiner sinnlichen Veranlagung. Vor meiner Zeit hatte er eine andere auf Spesen mitgenommen, aber als sie ihn heiraten wollte, konnte er sich das wegen der Unterhaltszahlungen nicht leisten. Praktischerweise hauchte Mrs. Chubbs gerade da ihr Leben aus, und danach wollte die andere Lady nicht mehr das geringste mit ihm zu tun haben. Vielleicht bekam sie es mit der Angst zu tun, keine Ahnung. Ich war achtzehn Jahre alt, als ich Ernie Chubbs zum ersten Mal begegnete, noch ganz grün hinter den Ohren. »Das ist etwas ganz anderes als Ihre Ameisen«, sagte ich.

Der Motor eines Wagens sprang an. »*Buonanotte!*« rief der alte Mann, und dann wünschte auch Otmar ihrem Besucher eine gute Nacht. Die Scheinwerfer blitzten auf, als der Wagen auf dem Kies wendete, bevor er davonfuhr.

Erneut stand Mr. Riversmith auf, und diesmal tat ich es ihm gleich. Ich geleitete ihn von der Terrasse ins Haus und zu meinem Arbeitszimmer. Ich schaltete die Schreibtischlampe ein und deutete auf die Werke in meinem Bücherschrank mit der Glasfront. Ich sah zu, wie er sich leicht bückte und sie durchging.

»Sie sind Schriftstellerin, Mrs. Delahunty?«

Ich erklärte, daß die gesammelten Werke von Shakespeare im Café Rose zum Inventar gehört hätten, ebenso die von Alfred Lord Tennyson. Darin bestand meine Bildung, als ich zum Schreiben kam. Ich kannte »The Lady of Shalott« auswendig, genau wie die Rolle der Lady Macbeth und »Vergleich ich dich mit einem Sommertag?« Ich sagte:

»Vielleicht würden Sie mich gern Emily nennen.«

Etwas an seiner Stirn gefiel mir. Und um ehrlich zu sein, mir gefiel die Art, wie er ganz selbstverständlich gesagt hatte, daß er nicht begreife, was ich ihm zu erzählen versuchte. Seine kühles, düsteres Wesen hatte etwas Beruhigendes. Es war von seiner Seite weiter ein Kommen und Gehen, er trat in Erscheinung, wenn er beunruhigt war, und versteckte sich aus Unsicherheit, wenn das nicht der

Fall war. Kluge Männer müssen vermutlich immer aus der Reserve gelockt werden.

»Sie sind Steinbock«, sagte ich und unternahm noch einen Versuch, ihm seine Befangenheit zu nehmen. »In dem Moment, als ich Ihre Stimme am Telefon gehört habe, habe ich auf Steinbock getippt.«

Er blätterte in den ersten paar Seiten von *Wenn die Liebe erblüht.* Ein leichtes Erstaunen trat in seine Augen, die einen Augenblick zuvor noch so trübe und ausdruckslos gewesen waren. Er griff sich *Tanz mit mir ins Paradies* und stellte dann beide Bände dorthin zurück, wo er sie herausgenommen hatte.

»Höchst interessant«, sagte er.

»Ihre Ameisen sind auch interessant, Tom.«

Vielleicht war es lächerlich zu glauben, ein Professor für Entomologie in mittleren Jahren würde fragen, ob er *Die kleine Bonny Maye* oder *Zwei im siebten Himmel* mit ins Bett nehmen dürfe, aber es war trotzdem eine Enttäuschung, daß er es nicht tat. Wir standen einen Augenblick lang da, ohne etwas zu sagen, und jeder lauschte den Atemgeräuschen des anderen. Ich sah ständig seine Ameisen vor mir, wie sie im ganzen Haus herumliefen, wie einige von ihnen andere auf dem Rücken trugen, alle auf dies oder jenes konzentriert.

»Ich würde zuhören, wenn Sie mir davon erzählen würden, Tom. Von Ihren Ameisen.«

Er schüttelte den Kopf. Seine Forschung sei nur von wissenschaftlichem Interesse und sehr kompliziert. Das sei kein Thema für eine normale Unterhaltung.

»Was haben Sie nicht begriffen, Tom?«

»Was?«

Ich lächelte ermutigend und wollte damit sagen, daß für uns beide alles leichter wäre, wenn er mehr lächelte, daß es schade sei, so kräftige Zähne zu haben und sie nie zu zeigen. Ich bat ihn, *Glück im September* herauszunehmen. Von Janine Ann Johns, sagte ich und sah ihm dabei zu.

»Schlagen Sie es auf, Tom.«

Ich bat ihn, nach Lady Daysmith zu suchen, und einen einzelnen Satz vorzulesen, der sie betraf. Zuerst zögerte er, dann schob er das Kinn vor und kniff wieder einmal die Lippen zusammen. Ich beabsichtigte, ihn an die Liebe und Fürsorge zu erinnern, die dem Kind seiner Schwester in diesem Haus zuteil geworden war.

»*Lady Daysmith kniete sich hin*«, las er endlich. »*Sie schloß die Augen, und man konnte in dem leeren Zimmer hören, wie sie flüsternd um Gnade flehte.*«

Er stellte den Band auf das Bücherbrett zurück und schloß die Glastür.

»Setzen Sie sich, Tom. Trinken Sie ein Glas Grappa mit mir.«

Er lehnte ab, aber ich bat ihn inständig darum, und schließlich entsprach er meinem Wunsch, weil ich sagte, es sei wichtig. Ich schenkte jedem von uns ein Glas Grappa ein. Ich sagte:

»Lady Daysmith geht auf eine Sonntagsschullehrerin zurück.« Ich schilderte Miss Alzapiedis Bescheidenheit, ihren schlaksigen, hochgewachsenen Körper, das Haar, das ihre größte Zierde hätte sein können. »Vorne flach wie ein Brett. Ich habe eine attraktive Frau aus ihr gemacht, Tom.«

»Ich verstehe.«

»Sie hat in ihrem ganzen Leben nie Strümpfe getragen. Ihre Röcke reichten ihr bis zu den Schuhen.«

Er war im Begriff aufzustehen, ohne seinen Drink angerührt zu haben.

»Trinken Sie Ihren Grappa, Tom. Ich habe ihn Ihretwegen eingeschenkt.«

Er nippte leicht daran. Ich erzählte ihm, daß es so gemacht wurde: Man machte aus Miss Alzapiedi die elegante Lady Daysmith. Ich erzählte ihm, wie Miss Alzapiedi mir zu Hilfe gekommen war, als ich Gott mit Joseph verwechselt hatte. Ich behauptete nicht, daß es eine Belohnung sei, aus ihr Lady Daysmith gemacht zu haben. Es war einfach etwas, was geschehen war.

»Aber es ist gut, Tom. Und es ist gut, daß ein alter Mann, der am Boden zerstört war, noch seine letzten Reserven mobilisieren kann, um in der Hitze Umbriens einen englischen Garten anzulegen.«

»Ja, das stimmt.«

Illusionen kamen ins Spiel, das war nur natürlich. Illusionen und Rätsel und Heucheleien: Laß diese Dreifaltigkeit an Wundern beiseite, was bleibt dann noch? Der Stock eines von Kummer erfüllten alten Menschen, während er einen Krankenhausflur, in dem eine Heiligenfigur steht, auf und ab geht. Das Leid im Herzen einer Sonntagsschullehrerin, die lange Kleider trägt. Laß das beiseite, und du stehst Auge in Auge mit einem zügellosen Vertreter für Sanitäranlagen, der auf Spesen mit jungen Mädchen herumzieht. Laß die Regeln in meinem Haus in Umbrien beiseite, dann wäre zum Beispiel Quinty wieder da, wo er einmal angefangen hat.

»Wenn ich Quinty den Laufpaß gäbe, Tom, dann würde er seine Zigeunerin mitnehmen, und sie würden in der Gosse enden. Sie würden sich aus plattgeschlagenen Öltonnen eine Hütte bauen. Sie würden Leute auf der Straße bestehlen.«

»Mrs. Delahunty...«

»Ich habe erlebt, wie die Touristen hier Quinty schief angesehen haben, und wer kann es ihnen schon verdenken? Sie müssen gedacht haben, Sie sind in einem Irrenhaus gelandet, als er mit seinem Geschwätz über Heilige angefangen hat. Doch wunderliche Gespräche zu führen ist besser, als ein halber Krimineller zu sein. Zumindest denke ich das.«

Er sagte aus Höflichkeit, daß er Quintys Ausführungen zum Thema Hagiologie nicht uninteressant gefunden habe. Ich lächelte ihn an: Er tat wieder einmal sein Bestes. Ich erinnerte mich daran, wie er, nachdem wir zu Mittag gegessen hatten, neben Rosa Crevelli hergegangen war und versucht hatte, sich mit ihr zu unterhalten. Er hatte ein, zwei Gläser Wein getrunken, und ich fragte mich, ob er bei sich gedacht hatte, daß sie unbekümmert aussah. Warum sollte ein zurückhaltender Mann keinen Gefallen an ihr finden, warum sollte er nicht für diese fahle Haut und diese Augen einer Zigeunerin, etwas ganz anderes als Francine, schwärmen? Aber das war nicht der Zeitpunkt, um sich länger Gedanken darüber zu machen.

Vielleicht könnten wir am Morgen zusammen die Holzameisen suchen, schlug ich vor, so daß er mir etwas von sich zeigen könnte, da ich mich so sehr über meine eigenen Dinge ausgelassen hätte. Zunächst einmal hätte ich keine Ahnung, ob eine Holzameise anders aussehe als die Ameisen, die unter einem Stein leben. Ich fragte ihn danach und goß noch einen Fingerhut voll Grappa in mein Glas. Ich sagte, es sei faszinierend, was er darüber gesagt habe, daß Holzameisen sich wie Menschen verhielten. Ich fragte ihn, wie sie zu ihrem Namen kämen. Er gab keine Antwort, und als ich aufblickte, stellte ich fest, daß er nicht mehr im Zimmer war.

II

Der alte Mann zeigte mir, was er vorhatte, und teilte mir das wesentliche Ergebnis der Beratungen mit, die man am Abend zuvor abgehalten hatte: daß der Italiener darauf hingewiesen habe, man benötige eher einen Bagger als einen Pflug, um die verschiedenen Ebenen anzulegen. Auch den könne er zur Verfügung stellen und selbst bedienen. Der General zeigte mir, wo die Terrassen und die Treppenstufen sein würden. Einen Teil des Gartens würde man ummauern: Der Italiener habe Maschinen, um die halbverfallenen Ställe abzureißen und die Steine dorthin zu befördern, wo man sie gut verwenden könne.

Der General wiederholte, daß der Garten ein Geschenk sei. Aber er habe das Gefühl, daß er ohne meine Zustimmung keine so drastischen Veränderungen vornehmen könne. Er zeigte mir, wo der Brunnen sein und wo man die schattenspendenden Bäume pflanzen würde.

»Er wird wunderschön werden, General.«

»In einem Garten sollte es kleinere Gärten geben, die sich darin verbergen. Es sollte dort Grotten und versteckte Plätze geben, und Wege, die einen verleiten, darauf zu gehen, obwohl sie nirgendwo hinführen. Was gut wächst, hegt und pflegt man. Was nicht gut wächst, wirft man hinaus.«

Der Bagger würde sich in den Hang neben dem Sonnenblumenfeld wühlen. Neben Terrassen würde es auch tiefer liegende Flächen geben. Der Italiener, der komme, sei ein phantasievoller Mensch; er habe den Geist der Herausforderung erfaßt. Vielleicht sei für den Garten eher ein gesonderter Brunnen nötig als die Wasserleitung, die er zuerst vorgeschlagen habe. Die alte Zypresse neben den Ställen würde stehenbleiben.

»Das wird kostspielig werden, General. Sind Sie sicher…«

»Ja, ich bin mir sicher.«

Dann erwähnte der alte Mann zum letzten Mal in meiner Gegenwart seine Tochter. Wir standen inmitten wild wuchernden Unkrauts auf jenem ungenutzten Areal, dem die baufälligen alten Gebäude und die rostigen Räder und Achsen eine triste Atmosphäre verliehen. Der General starrte auf die Erde, von der er so viel erwartete. Als seine Tochter noch gelebt habe, habe er sich darüber geärgert, daß sie das, was er ihr an Vermögen hinterließe, mit ihrem Mann teilen würde. »Ich würde mit Freuden alle Tage, die mir noch bleiben, dafür hingeben, wenn es jetzt so sein könnte«, murmelte er und sagte dann nichts mehr.

Dabei blieb es. Ich hatte früher schon Geschenke von Männern angenommen, aber niemals so eins, und niemals eins ohne Fallstricke und gräßliche Hintergedanken. Ich war von neuem gerührt über das, was geschah, über die Treue, die auf so vielen Gebieten gleichzeitig gehalten wurde, über die Schwäche, die sich in Stärke verwandelte. Die Balken dieser nutzlosen Gebäude und das verfärbte Eisen, das in die Erde eingesunken war, würde man wegschaufeln, den eingestürzten Mauern einen überraschenden Sinn geben; der Traum eines alten Mannes würde sich an dem Hang neben dem Sonnenblumenfeld ausbreiten. Er wußte, genau wie ich, daß er nicht mehr lange genug leben würde, um noch die Blütezeit seines Gartens zu erleben. Aber er wußte auch, daß das keine Rolle spielte.

An jenem Tag war es sogar noch heißer als an den vorhergehenden Tagen. Um halb elf machten Aimée und ihr Onkel einen Spaziergang, da man ihnen geraten hatte zu gehen, bevor es zu schwül würde. In der äußeren Diele haben wir eine Auswahl an Strohhüten, die wir für die Touristen aufbewahren, da die Leute, die herkommen, immer in den Hügeln spazierengehen wollen, egal was für eine Temperatur herrscht. Ich bestand darauf, daß Aimée einen aufsetzte, und ihr Onkel ebenfalls; ich wies sie darauf hin, wegen der Schlangen auf Straßen und Wegen zu bleiben. Ein paar Augenblicke lang beobachtete ich, wie sie langsam durch die Ginster- und Goldregensträucher schritten, Aimée in einem hellblauen Kleid, der breitkrempige Panamahut zu groß für sie, er in Hemdsärmeln, beiger Baumwollhose und einem Hut mit einem braunen Band. Als sie außer Sichtweite waren, eilte ich ins Haus und ging in sein Schlafzimmer.

Ich hatte gehofft, ein Foto von Francine zu finden, das das Bild bestätigte, das ich mir gemacht hatte, aber es war keins da. Seine Kleider hingen ordentlich in dem schlichten Kleiderschrank, eine Krawatte hing über einer Stuhllehne. In einem Kulturbeutel befanden sich ein Elektrorasierer, Zahnbürste und Zahnpasta, Aspirin und Deodorant. Flugtickets und Manschettenknöpfe lagen auf der Frisierkommode; die schmutzige Wäsche hatte er zusammengefaltet und auf den Boden einer der schwarzen Mandarina-Duck-Taschen gelegt. Auf dem Nachttisch lag ein Buch in grauem Umschlag mit dem Titel *The Case for Differentia.* Ich schlug es auf, verstand jedoch kein Wort. Verschachtelte Sätze schleppten sich träge über die Seite. Es wurde bedrohlich mit Wörtern gefuchtelt, und sicherheitshalber wurden sie noch einmal wiederholt: *empirisch, behavioristisch, limitativ, kognitiv, Validierung, Determinismus. Kann man das als urbanes Milieu bezeichnen?* wurde die Frage aufgeworfen, gefolgt von der Behauptung, daß *ein Viertel der »angegebenen Population« Einwanderer der ersten Generation sind.* Woraus ich schloß, daß es sich um Ameisen und nicht um Menschen handelte. Rasch schlug ich das Buch zu.

Darunter lag ein blaues Notizheft voller Vermerke in einer Handschrift, die ich für die von Mr. Riversmith hielt. Die Buchstaben waren ziemlich schwer zu entziffern, dichtgedrängt und ohne den geringsten Versuch, ansprechend zu wirken. *?Ist Beweis, Kooperation ökonomische Aktivitäten, Tauschwaren, Militärdienst. ?Handel, Abstammungslinien. Pilsfers Rekreationstheorie fragwürdig. Häufiger Austausch Geschenke kann nicht als Rekreation aufgefaßt werden. ?Sanktionen gegen Abtrünnige. Kein Beweis Pilsfers Schlafmotiv. Jahreszeitlich bedingte Migration zweifelhaft. Kein Beweis Ps Hospitaltheorie. Diese sicher nicht stichhaltig.*

Ich blätterte weiter. Da waren Diagramme, die wie Familienstammbäume ohne Namen aussahen, bei denen aber alle Linien miteinander verbunden waren, so daß man an einen ungewöhnlich ausgeklügelten und komplizierten Stromkreis denken mußte. Es gab weitere Bemerkungen zur Rekreation und zu Pilsfer, der überhaupt nicht zu wissen schien, was er tat. Speziell eine Bemerkung erregte meine Aufmerksamkeit, da sie dick unterstrichen war. *Maeslinks Theorie zu Fall gebracht, Prämissen nicht mehr stichhaltig: 3. April '87. Unmöglich zu extrapolieren. Von Natur aus Gefühlseindruck unbestimmbar.* Der letzte Eintrag, unter der Überschrift *Italien Juli '87*, lautete: *Schlafsacktheorie übersieht monokline Struktur.* In dem, was ich gelesen hatte, war viermal das Wort *Theorie* vorgekommen.

All das beschäftigte ihn. Auf all das richtete sich sein Ehrgeiz. All das machte ihn zurückhaltend. Ich habe einmal einen Mann gekannt, der kaum fähig war, das Wort an jemanden zu richten, aber diese Zurückhaltung war so zerbrechlich wie das Eis, dem sie glich, und als sie aufbrach, kam ein Redefluß, den ich nicht bremsen konnte: Es gab nur wenige Anhaltspunkte, die darauf hindeuteten, daß es bei Mr. Riversmith genauso war, selbst wenn er bei Aufregung wirklich redseliger wurde. Er war ein bedeutender Wissenschaftler, und man blickte zu ihm auf. Es gab Leute, die ihm fasziniert zuhören würden, wenn er die Welt anhand von Ameisen erklärte, die ihre Eier unter die Rinde von Bäumen legen: All das konnte man an seinem Verhalten erkennen. Er hatte kein Gespür für Alltagsangelegenheiten, so wie der Italiener, der meinen Garten planierte; eigentlich hatte er bisher nicht das geringste Anzeichen für irgendein Gespür erkennen lassen. Als Ersatz dafür hatte er seine Klugheit, und die konnte wohl nicht wertlos sein. Das dachte ich, als ich an jenem Morgen, dem 24. Juli 1987, einem Datum, das ich nicht vergessen habe, sein Zimmer verließ.

Ich habe es nicht vergessen, weil ich am Nachmittag jenes Tages einen der größten Schocks meines Lebens erlitt. Mr. Riversmith bat um die Erlaubnis, noch einmal in Pennsylvania anrufen zu dürfen; ich erteilte sie ihm natürlich und ging in mein Zimmer. Als ich den Hörer abhob, bemerkte er gerade, daß er noch nie einer Autorin von

Liebesromanen begegnet sei. Dann bezeichnete er das, was er letzte Nacht höchst interessant genannt hatte, als »Schund«, was mich sehr betrübte. Er bezeichnete den Grappa, den wir zusammen getrunken hatten, als ein widerliches Getränk. In einem Satz, den ich nicht verstehen konnte, gebrauchte er das Wort »grotesk«. Das knappe, und persönliche, Geständnis, das ich gemacht hatte – insbesondere über den Tod von Mrs. Chubbs –, beschrieb er als »Hirngespinst einer Betrunkenen«. Er sagte, ich sei nach Idaho gegangen, weil ich gedacht hätte, dort den Wilden Westen vorzufinden, wobei er, wenn er zugehört hätte, gewußt hätte, daß das nicht stimmte. »Das ist ja vielleicht ein Herzchen!« fiel ihm die heisere Stimme am anderen Ende mehr als einmal ins Wort.

Ich konnte es nicht verstehen. In gutem Glauben hatte ich ihm meine Bücher gezeigt. Ich hatte mir viel Mühe gemacht, um einen Ausflug nach Siena zu arrangieren. Ich hatte ihm einen Drink nach dem anderen gegeben und nicht einmal in Erwägung gezogen, sie in Quintys Buch einzutragen. »Ihre Phantasie ist mit ihr durchgegangen«, sagte er. Seinem Tonfall nach hätte er von einer Ameise sprechen können.

Ich legte den Hörer auf, saß einfach nur da und fühlte mich kraftlos, so als wäre ich verprügelt worden. Er hatte sich nicht einmal mit dem Inhalt der Bücher vertraut gemacht: Alles, was er getan hatte, war, ein paar Zeilen zu lesen, weil ich ihn darum gebeten hatte, und sich die Bilder auf den Umschlägen anzusehen. Ich rauchte und trank etwas, doch nichts von beidem richtig. Quinty klopfte an meine Tür und sagte, unten gebe es Tee; ich bedankte mich bei ihm, ging aber nicht nach unten. Zur Abendessenszeit klopfte er erneut, aber wieder zog ich es vor, allein zu bleiben. Ich sah zu, wie die Dämmerung anbrach und begrüßte sie, und die Dunkelheit begrüßte ich noch mehr. Als ich eingeschlafen war, hatte ich einen schrecklichen Traum:

Es war Otmar, der das Ding in den Zug mitbrachte. Lange bevor sie sich im Supermarkt kennengelernt hatten, hatten er und seine Freunde das Mädchen ausgewählt. Sie wußten alles über sie. Sie war die richtige für das, was sie vorhatten.

In meinem Traum sah ich Otmar als Kind, mit Mutter und Vater im Eßzimmer, Schweinebrust auf dem Tisch. Plötzlich kracht es, die Haustür wird eingeschlagen, dann treten vier Männer ins Eßzimmer und begrüßen mit leiser Stimme die Essenden. Die Tränen von Otmars Mutter tropfen auf das Fleisch, die Kartoffeln und die kleinen, gedünsteten Tomaten. Sein Vater steht auf; er weiß, daß seine Zeit gekommen ist. Einen Augenblick lang ist nur das Ticken der Uhr auf dem Kaminsims, zwischen den beiden bronzenen Reiterfiguren, zu hören. Otmars Mutter schreit nicht auf; sie versucht nicht, sich zwischen die Männer und ihren Gefangenen zu werfen. Vor langer Zeit hat sie sich bemüht, sich im voraus mit dem Schicksal ihres Mannes abzufinden; auch hat sie gewußt, daß die Männer eines Tages kommen würden.

Für Verbrechen, die er in Hitlers Krieg begangen hat, nehmen die vier Männer ihn fest, und die Uhr tickt noch, als sie ihn schon weggebracht haben. Sie tickt, obwohl es keine Verhandlung geben wird; die Hinrichtung wird man unter strengster Verschwiegenheit vollziehen. Sie tickt so zuverlässig wie immer, während die Tränen von

Otmars Mutter auf die kleinen, gedämpften Tomaten fallen und sie beschließt, daß auch sie nicht mehr leben will. Die Uhr tickt, als sie aufsteht und hinausgeht und als Otmar sie in einem anderen Zimmer an der Deckenlampe aufgeknüpft findet.

»Es hat Otmar getroffen«, erklärt eine gelassene Stimme, und die Kinder der Väter, ein neuer Orden der Vergeltung, müssen dafür sorgen, daß das Rad sich weiterdreht. Sie losen mit abgebrochenen Streichhölzern. »Otmar ist der Auserwählte.«

In Carrozza 219 streicht er ihr über den Arm. Sie wird die Vergeltung durch den Flughafen Linata in das Flugzeug bringen, das nach Tel Aviv fliegt. Das Opfer ist jetzt, genau wie Otmars Vater damals, mit anderen Sachen beschäftigt; die Vergangenheit ist vorbei. Auf den Feldern leuchten die Sonnenblumen vor einem blassen Himmel. Ist es die Hand von Madeleine, die wie zur Verzierung in der Luft hängt, dieselbe Hand, die den Stapel Senfgläser umgestoßen hat?

Als ich am nächsten Morgen an meinem Fenster die Läden aufstieß, war der erste Mensch, den ich sah, Mr. Riversmith. Er beugte sich gerade über einen mir wohlbekannten, winzigen Aprikosenschößling, kaum größer als zehn Zentimeter, den Signora Bardini mit einem Bambusrohr gekennzeichnet hatte. Signora Bardini vermutete, daß er aus dem Kern einer Frucht gesprossen war, den entweder jemand weggeworfen hatte oder vielleicht ein großer Vogel hatte fallen lassen. Auf diesem Gelände neben meinem Haus gedieh sonst eher Klee als Gras. Signora Bardini hatte zwei kreisförmige Beete angelegt, aber dort wuchs nichts.

Erst am Tag zuvor hatte der General diese Beete bemerkt und gesagt, er habe vor, Rosen darin zu pflanzen.

Obwohl es noch früh war, schenkte ich mir auf dem Weg durch den *Salotto* einen Kleinen ein. Ich setzte mich einen Augenblick hin, um mich zu wappnen. Die Erinnerung an das Telefongespräch trat mir erstmals so deutlich ins Bewußtsein. Ich wollte sie nur etwas abschwächen, bevor ich wieder mit Mr. Riversmith sprach. Ich schenkte mir ein zweites Glas ein, fast nur Tonic water, und fühlte mich viel besser, als ich es getrunken hatte. Ich zündete mir eine Zigarette an und setzte meine Sonnenbrille auf.

Mr. Riversmith hatte sich von dem Aprikosenschößling entfernt, als ich bei ihm ankam, und beschattete mit einer Hand die Augen, um die Aussicht auf die Berge zu bewundern. Instinktiv wollte ich sagen, was er gesagt habe, habe mich verletzt. Ich wollte es ansprechen, um sofort reinen Tisch zu machen. Ich hatte irgendwie das Gefühl, daß es eine Erklärung geben könnte. Aber ich wußte, daß es viel besser war zu warten.

»Was für ein herrlicher Morgen, Mr. Riversmith!«

»Ja, das kann man wohl sagen.«

»Ich liebe diese Tageszeit.«

Er nickte voll Einverständnis, so daß ich mich fragte, ob ich mich am Telefon bei der einen oder anderen Sache vielleicht verhört hatte. Manchmal ist es nicht leicht, wenn man das Gesicht eines Menschen nicht sehen kann. Aber jetzt war sein Gesicht da, und es wirkte entwaffnender, als ich es in Erinnerung hatte, entspannter, als es in meinem Arbeitszimmer gewesen war. Vielleicht hatte er tatsächlich Schwierigkeiten mit dem Zeitunterschied gehabt und sich jetzt erholt. Ich sagte, was ich hatte sagen wollen.

»Ich fürchte, ich bin Ihnen vorgestern abend, als wir uns auf der Terrasse unterhalten haben, auf die Nerven gegangen, Mr. Riversmith.«

»Nein, ganz und gar nicht.«

»Wenn ich nervös bin, drehe ich mich immer im Kreis. Tut mir leid, das muß unangenehm für Sie gewesen sein.«

Er schüttelte den Kopf. Ich redete nicht gleich weiter, für den Fall, daß er etwas anmerken wollte. Als er das nicht tat, sagte ich:

»Die Schwierigkeiten mit dem Zeitunterschied können fürchterlich sein.«

»Schwierigkeiten mit dem Zeitunterschied?«

Wir hatten uns inzwischen etwas weiter von dem Aprikosenschößling entfernt.

»Sie forschen noch nach einer Pille, die man einnehmen kann, aber ich glaube, sie haben bisher keinen großen Erfolg gehabt.«

Er neigte den Kopf leicht zur Seite und deutete damit an, daß er verstanden hatte. Er sagte nichts, und ich ließ ein längeres Schweigen eintreten, bevor ich weiterredete.

»Sie waren müde, und ich habe Sie vom Schlafen abgehalten. Ich habe Sie gekränkt, indem ich mir erlaubt habe, Sie mit dem Vornamen anzureden. Es tut mir leid.«

»Das ist völlig in Ordnung.«

»Sie waren nicht gekränkt?«

»Nein.«

»Es klingt freundlicher, wenn ich Sie Tom nenne.«

»Tun Sie das ruhig.«

»Professor klingt so, als wären Sie schon steinalt.«

Mir war in den Sinn gekommen, daß er vielleicht trotz gegenteiliger Beteuerungen an seinem ersten Abend in meinem Haus gekränkt war, daß man ihn nicht mit diesem Titel anredete. Ich sagte, die Aprikosenpflanze sei möglicherweise aus einem Kern gewachsen, den ein Vogel hatte fallen lassen, und wollte erneut das Telefongespräch zur Sprache bringen. Ich wollte es hinter mich bringen, gesagt bekommen, daß ich mich verhört hätte, und das Thema dann abschließen und nie wieder einen Gedanken daran verschwenden. Aber ich wußte, daß es noch nicht der richtige Augenblick war. Ich wußte, wir würden steif und verlegen sein.

»Kommen Sie, ich zeige Ihnen, wo der Garten hinkommt«, sagte ich statt dessen und führte ihn hinters Haus. In Italien sehnt man sich nach Rasen, sagte ich; in Afrika auch. Ich schilderte alles, was der General, Otmar und ihr Freund, der Italiener, vorhatten. Ich zeigte ihm, wo die Kräuterbeete hinkämen. Die Azaleen würden in großen Kübeln überall verteilt werden.

»Dürfte eindrucksvoll werden«, sagte er. Würde er später zu Francine sagen, daß das alles eine Illusion sei? Würde er sagen, es sei Quatsch und reines Wunschdenken, daß ein alter Engländer vorhatte, als Geschenk einen Garten anzulegen? Fragte er sich jetzt, ob das Erlebnis im Zug mich mehr mitgenommen hatte, als es anfangs schien? Er wandte den Blick ab, und ich fand, das könne daran liegen, daß ihm am Gesicht abzulesen war, was er gerade dachte.

»Wollen wir nicht einen kleinen Spaziergang machen?«

Ich führte ihn die staubige Straße entlang, die ich so gut kannte, vorbei an den Hängen mit Olivenbäumen und Weinstöcken. Ich bemühte mich, über alltägliche Dinge zu sprechen, und war kurz davor, mich für Quintys Reden im Auto auf dem Rückweg von Siena zu entschuldigen, aber dann fiel mir ein, daß ich das schon versucht hatte.

»Ich hoffe, daß es Ihnen hier ruhig genug ist«, sagte ich.

»Ja, das kann man wohl sagen.«

»Professor, es gibt einen italienischen Ausdruck – *far niente.* Kennen Sie den?«

»Ich spreche kein Italienisch, Mrs. Delahunty.«

»Mehr kann ich auch nicht. *Far niente* heißt nichts tun. *Dolce far niente.* Süß ist es, nichts zu tun.«

»*Far niente*«, wiederholte er.

»Man würde es sagen, wenn jemand in einem Café sitzt. Wie wir es in Siena getan haben. Oder bei dem, was wir gerade tun, ziellos umherschlendern. Die Ruhe genießen.«

»Ich verstehe.«

Damit war ein weiteres Thema abgeschlossen. Eine Weile sagte keiner etwas: Dann erinnerte ich mich daran, daß mein Begleiter mir verraten hatte, er sei zum zweiten Mal verheiratet, und ich stellte irgendeine Frage darüber, ob er glaube, daß eine Scheidung so etwas wie der Tod in einer Ehe sei.

»Ist die Trauer genauso groß?«

»Ja.«

»Es hat Sie mitgenommen, Tom?«

»Ja, es war schmerzlich.«

Ich entlockte ihm den Namen seiner ersten Frau: Celeste Adele. Manchmal ist es ganz einfach, sich eine Person vorzustellen, von der jemand spricht, vielleicht wegen der Betonung oder des Gesichtsausdrucks, den er dabei zeigt. Das war jetzt der Fall: Die Frau, die vor meinem geistigen Auge erschien, war zierlich und kokett, dunkelhaarig, viel hübscher als Francine.

»Wann hat Ihre erste Frau Geburtstag, Tom?«

»Adele?« Er mußte nachdenken. Dann: »Am 29. Mai.«

Ich blieb stehen. »Kein Wunder, daß es nicht geklappt hat, Tom.«

»Ich glaube nicht, daß unsere Trennung etwas mit ihrem Geburtstag zu tun hatte!«

Das sagte er leichthin, und vielleicht war es scherzhaft gemeint. Wenn das stimmte, dann war es das erste Mal seit seiner Ankunft in meinem Haus, daß er einen Scherz machte.

»Was für ein Sternzeichen ist Francine, Tom?«

»Das weiß ich leider nicht.«

»Wann hat sie Geburtstag?«

»Am 18. August.«

»O Tom!«

Er runzelte die Stirn und schien wirklich verwirrt zu sein. Als ich ihm eine Erklärung gab, sagte er:

»Ich kann leider nicht einsehen, daß die Charakterzüge eines Menschen viel damit zu tun haben, wann er geboren ist.«

Ich widersprach ihm nicht. Ich erhob keine Einwände. Wir gingen weiter. Ich hakte mich freundschaftlich bei ihm unter. Die Wahrheit ist, daß ich, als ich den Hörer abhob und das unerfreuliche Gespräch mit anhörte, schon ein oder zwei Gläser getrunken hatte, was aber durchaus nicht viel ist. Wenn man etwas getrunken hat, sind die Dinge manchmal nicht so glasklar, wie sie sein könnten. Außerdem war die Verbindung nach Pennsylvania nicht gerade gut gewesen. Er hatte etwas von einer »Kleinmädchenstimme« gesagt, und das konnte natürlich gut ein Kompliment gewesen sein. Ich konnte nicht umhin zu denken, daß es schmeichelhaft ist, wenn die Stimme einer Frau mit der eines jungen Mädchens verglichen wird. Aus irgendeinem Grund drehten sich meine Gedanken ständig darum, und dabei wollte ich ihm immer noch von dem umherziehenden Paar aus der Vergnügungsbranche erzählen, das gestorben war, als das Motorrad über den Rand eines Steilwandkurses hinaus in den Himmel segelte. Natürlich war es lächerlich, aber ich wollte ihm ausgerechnet davon erzählen, wie ich mit jenem Hund am Strand spazierengegangen war, und von dem Menschen, den ich für meinen Vater gehalten und der mich im Kino, in einem Schuppen und schließlich im Schlafzimmer belästigt hatte. Ich wollte ihm sogar von dem Skandal in der Oleander Avenue erzählen. Aber er war vorsichtig bei dem, was er sagte, und ich übernahm allmählich diese Vorsicht von ihm.

»War es mit Adele die Hölle, Tom?«

»Wir haben nicht zusammengepaßt.«

»Hat sie Sie am Ende verlassen?«

»Nein.«

»Zwillinge sind oft die, die gehen. Ich wollte das nur gern wissen. Hat Adele nachher Kinder bekommen?«

Er erwiderte ziemlich schroff, daß Adele dreiundvierzig gewesen sei, als sie sich getrennt hätten, und keine Kinder mehr bekommen habe, obwohl sie tatsächlich wieder geheiratet habe. Ich sagte, es tue mir leid, daß es die Hölle mit ihr gewesen sei.

Wir blieben stehen und schauten zurück. Ich deutete auf einen Ort in den weit entfernt liegenden, dunstigen Bergen und auf ein paar weitere Landmarken, einen Turm, den zwei Schwedinnen zu renovieren begonnen und dann aufgegeben hatten, eine Felsformation, die wie eine Gruppe menschlicher Gestalten aussah. Als wir wieder weitergingen, sagte ich:

»Warum konnten sie sich nicht leiden, Tom? Ihre Schwester und Ihre Frau?«

Es widerstrebte ihm, mir etwas darüber zu sagen. Sein Blick war versonnen, und mir fielen die Einträge in dem Notizheft neben seinem Bett ein. Höchstwahrscheinlich war er jetzt bei diesen Einträgen, höchstwahrscheinlich geißelte er Pilsfer gerade wegen irgendeines weiteren Fehlers. Ich drückte ihn ganz leicht. Er sagte:

»Es war nicht so, daß sie sich nicht leiden konnten. Meine Schwester wollte bloß, daß ich es noch einmal mit Adele probiere.«

»Aber es war Ihr Leben, hm?«

»Dafür hatte sie anscheinend kein Verständnis.«

Es war einige Zeit vergangen, und sie hatten sich nicht wieder versöhnt: Hinter all dem steckte mehr als die knappe Erklärung, die er mir gegeben hatte. Vielleicht wußte er es nicht: Das kommt bei Männern manchmal vor. Aber ich hatte das Gefühl, daß seine Schwester Francine als die Frau erkannt hatte, die sie war, und ihr das bei der Scheidung klargemacht hatte. »Das wird nicht lange halten, Tom«: Er gab nicht zu, daß seine Schwester – nicht so freimütig und leiser in seiner Gegenwart – das gesagt hatte, aber ich vermutete es. Ich vermutete auch, daß die Wunde, die diese Überzeugung hinterlassen hatte, tief war.

»Es gibt noch ein sehr schönes italienisches Wort, Tom. *Colpa.*«

»Was heißt das?«

Erneut paßte ich auf, daß ich ihn nicht erschreckte. *Colpa* heiße Schuld, erklärte ich. Der General habe Schuldgefühle wegen seiner Tochter. Otmar habe welche, weil er dafür verantwortlich sei, daß Madeleine in Italien gewesen sei. »Und Sie haben sich mit Ihrer Schwester zerstritten, statt sich gegenüber Francine zu behaupten.«

Er sagte etwas, was ich nicht genau verstand. Wir bogen von der Straße auf einen Weg, der sich einen Berg hinaufschlängelte, auf dem gruppenweise Pinien wuchsen. Hier müßten wir uns vor schläfrigen Vipern besonders in acht nehmen, ließ ich ihn wissen. Es wäre besser gewesen, wenn wir Gummistiefel getragen hätten, aber die von Quinty wären ihm zu klein gewesen, und mir war erst klargeworden, nachdem wir schon losgegangen waren, daß es auf diesem Berg etwas gab, was ich ihm zeigen wollte.

»Das hier ist ein herrliches Land, Tom. In irgendwelchen Winkeln versteckt, gibt es herrliche Augenblicke. Ich habe in Mailand in der Nähe der Scala einen untersetzten Opernsänger üben sehen, während er zu einem Café schlenderte. Ich habe im Dom von Orvieto eine Hochzeit gesehen, bei der die Portale weit aufgerissen wurden und Braut und Bräutigam in das Sonnenlicht hinaustraten. Mir stockte der Atem, Tom.«

Ich glaube, er nickte. Manchmal war seine Gestik so sparsam, daß es schwer war, daraus schlau zu werden. Da sei die Ruhe meines Hauses, fuhr ich fort; mit der Zeit würde der Garten entstehen. Wo es vorher nur verrostetes Eisen und baufällige Gebäude gegeben habe, würden Vögel nisten. Bienen würden inmitten der Blumen nach Honig suchen.

»Tom, es ist so, als wären wir alle Teil einer Geschichte,

an der jeden Tag weitergeschrieben wird. Wird es dadurch verständlicher?«

»Ich glaube, ich begreife nicht ganz, worauf Sie hinauswollen. Und was meine Schwester betrifft...«

»Schon in Ordnung, Tom, schon in Ordnung.« Ich zog seinen Arm etwas näher. Er war kurz davor, sich zu echauffieren, und dazu bestand wirklich keine Veranlassung. Warum sollte Aimée nicht gesund werden, fragte ich ihn, so wie die Narben in meinem Gesicht verheilt waren, so wie Otmars Stumpf und das Bein des Generals heilen würden?

»Ja, das hoffen wir sehr.«

»Wissen Sie, sie ist glücklich hier. Wenigstens so glücklich, wie sie es im Moment sein kann.«

»Meine Frau und ich sind Ihnen äußerst dankbar...«

»Sollten Sie nicht ein Opfer bringen, Tom? Nachdem Sie Ihre Schwester ohne ihr Verschulden jahrelang auf Distanz gehalten haben? Sind Sie ihrem Andenken nicht etwas schuldig? Genau wie der alte Mann dem seiner Tochter und Otmar dem Madeleines etwas schuldig sind?«

»Ich bin hergekommen, um das Kind meiner Schwester nach Hause zu holen.« Seine Stimme war tonlos; teilnahmslos, dachte ich. Zum ersten Mal hörte er sich etwas dumm an, obwohl ich wußte, daß das lächerlich war. »Ich nehme das Kind meiner Schwester zu mir«, sagte er.

Erneut fielen mir die Einträge in dem Notizheft ein, die besondere Schnelligkeit eines Verstandes, die sich in jenem ungeduldigen Gekritzel widerspiegelte. Er kannte sich mit den Gehirnen von Ameisen aus. Er kannte sich mit dem Wesen ihrer Energie aus. Sein eigenes Gehirn hatte die Einzelheiten ihrer Denkprozesse, oder wie auch immer er das nannte, gespeichert. Natürlich konnte er nicht dumm sein.

»Könnte es sein, Tom, daß Sie herkommen mußten, um zu erkennen, daß Sie allein zurückfliegen sollten?«

»Mrs. Delahunty...«

»Schauen Sie«, unterbrach ich ihn, da ich das Gefühl hatte, daß das nötig war. »Das ist das Grab eines amerikanischen Soldaten.«

Ich deutete auf ein eisernes Kreuz im Gras neben dem Weg. Ich erklärte, warum es keine Inschrift trug.

»Es gilt dem Andenken eines Mannes, aber es steht auch für viele andere. Die offiziell feindlichen Soldaten gaben den Bauern Nahrungsmittel und Zigaretten, als sie kurz vorm Verhungern waren. Insbesondere ein Mann gab alles, was er hatte; sie kannten nicht einmal seinen Namen. Er starb hier in einem sinnlosen Scharmützel, aber noch lange danach blieb er unvergessen. Was für eine Geste, Tom, sein Essen zu verschenken, weil man im Gegensatz zu fremden Menschen darauf verzichten kann! Und was für eine Geste, als Gegenleistung ein Kreuz für einen namenlosen Wohltäter zu errichten! Es kann nicht viel Essen, können nicht viele Zigaretten gewesen sein.«

Ich trat einen Schritt vor, als ich meine Rede beendet hatte, und rupfte am Fuß des Kreuzes Gras und Unkraut aus. Dann drehten wir uns um und gingen denselben Weg zurück. Er hatte überhaupt nichts zu dem Soldatengrab gesagt. Ich griff wieder nach seinem Arm.

»Tom, sie dachten, es ist ein Wunder, daß ein Soldat so etwas tut. Sie stellten das Kreuz für ein Wunder auf.«

Meine Sandalen waren mit Staub bedeckt; genau wie seine Schuhe. Die Farbe auf meinen Zehennägeln hatte vorübergehend ihren Glanz verloren. An meiner weichen Brust konnte ich spüren, wie sich seine Armmuskeln spannten.

»Darf ich Ihnen etwas erzählen, Tom? Werden Sie zuhören?«

»Ich habe zugehört.«

»In meinem Haus erschienen einmal zwei ineinander verliebte Männer, die jeden Tag dem Tod etwas näherkamen. In meinem Haus hatte ein Sohn schreckliche Angst vor seiner Mutter, denn sie hatte ihm seit seiner Geburt Angst eingeflößt, weil sie nicht ertragen konnte, ihn loszulassen. In meinem Haus wurden die Frauen einer *ménage à trois* auf zynische Weise ausgenutzt. Aus Mitleid verschlug es mir die Stimme, denn für keinen von ihnen gab es einen Ausweg. Diesmal ist es anders, Tom.«

Ich drückte es ihm gegenüber so aus, daß ein schreckliches Unglück stattgefunden habe, daß aber in dieser entlegenen Gegend Italiens erneut ein Wunder geschehen sei. Niemand könne nach den schrecklichen Ereignissen in Carrozza 219 einfach in die Welt zurückkehren. Drei Überlebende aus der Zahl aller Überlebenden auf der ganzen Welt hätten in meinem Haus einen Platz gefunden. Sie würden einander Kraft geben. Erneut sprach ich von dem Garten. Ich wiederholte die Zeilen, die mir eingefallen waren, nur um mich zu verwirren, bis der General auf so ungewöhnliche Weise von einem Geschenk gesprochen hatte.

»Dürfen wir es wagen, vor einem Wunder die Augen zu verschließen, Tom?«

Ich suchte seine Finger, wie man es tut, wenn man so etwas sagt, aber er machte sich gewaltsam los. Plötzlich war er böse, und ich dachte, er würde mich anschreien, was andere Männer schon getan haben. Aber er tat es nicht. Er sah mich nur an und sagte gar nichts, fing auch nicht wieder an zu sprechen und gab auf meine Fragen keine Antwort. Als wir ins Haus zurückkamen, bot ich ihm einen Drink an, aber er sagte, um neun Uhr morgens wolle er noch keinen Drink.

12

Nach diesem Morgenspaziergang wußte ich, wie Francine war.

Francine war eine zerstörerische Natur; sie konnte nicht anders. Francine hatte ihn gesehen und sofort begehrt. In Francines Augen war Celeste Adele ein Nichts, mit ihrer zuckersüßen Art, ihrem guten Aussehen und ihrem Spatzenhirn. »Ich will Tom Riversmith haben«, hatte Francine mit lauter Stimme gesagt, obwohl außer ihr niemand im Zimmer war. »Zur Hölle mit diesem blöden Luder!« Francine hatte ihren eigenen Mann verloren, weil er überall herumgeflirtet hatte. Vierzehn Jahre verheiratet, drei Kinder empfangen und geboren, und immer noch roch er nach anderen Frauen, wenn er nach Hause kam. Das Mädchen in der Strumpfhosenabteilung – ein Uhr morgens, das hatte er gestanden. Francine fragte ihn nicht, wie er an eine Strumpfhosenverkäuferin geraten war. Sie fragte sich nur, ob es stimmte oder ob er sie nur treffen wollte, indem er so eine über sie stellte. Sie hatte schon vor Jahren aufgehört, sich Sorgen zu machen.

Das war der Grund dafür, daß sie allein war, als sie feststellte, daß sie sich mit Tom Riversmith auf einer Wellenlänge befand. Celeste Adele gab niedliche Cocktailpartys, weil sie gern die Gastgeberin spielte. Sie reichte japanische Cracker herum, die wie Muschelschalen geformt waren; sie ließ Tom Zitronen in Scheiben schneiden und die Drinks mixen. Er tat sein Bestes bei den Immobilienmaklern, die sie einlud, den Rechtsanwälten und Kunstgaleristen, von denen keiner etwas mit der Universität zu tun hatte oder ihm auch nur gefiel.

»Leisten Sie uns doch Gesellschaft«, begrüßte Celeste Adele jeden in süßlichem Überschwang, sobald er ins Zimmer trat, in dem das Geplauder bereits ziemlich laut geworden war. Sie hatte es gern laut. Später, wenn die Party richtig in Gang kam, legte sie Big-Band-Musik auf. »Sich gut amüsieren« nannte sie das.

Francine war beim ersten Mal mit einem Mann gekommen, der sie einmal ins Kino und einmal zum Abendessen ins Four Seasons eingeladen hatte. Sie wußte, daß aus dieser Beziehung nichts werden würde. Während sie im Four Seasons Rippenspeer gegessen hatten, hatte er von seiner Frau geredet, die er verlassen habe, und darüber, daß er das jetzt bereue. »Bei den Riversmiths ist es immer klasse«, versprach er und setzte hinzu, daß Celeste Adele Riversmith es liebe, neue Gesichter zu sehen. Auf der Fahrt dorthin pries er bei eingeschaltetem Radio die Tugenden seiner Exfrau, was so langweilig war, daß Francine ihn stehen ließ, sobald sie angekommen waren. »Ich bin Tom Riversmith«, stellte der Gastgeber sich vor, als er sah, daß sie allein war.

Er erinnerte sich dunkel von der Universität an sie, und es interessierte ihn, was sie auf einer Party seiner Frau machte. (Später erfuhr Francine, daß Celeste Adele nie jemanden von der Universität zu ihren Partys einlud, weil sie dachte, es täte ihrem Mann gut, mit etwas in Kontakt zu kommen, das sie als »die wirkliche Welt« bezeichnete.) Francine arbeitete zu der Zeit gerade an den neu entdeckten Kristo-Papieren, und er war fasziniert: Kristos Forschungsberichte aus vier Jahren, von denen man geglaubt hatte, sie seien in den Sümpfen Kambodschas verlorengegangen, waren in dem Safe eines New Yorker Hotels aufgetaucht.

»Sie haben Glück.« Er hörte sich neidisch an. Mehr als elf Jahre lang, seit Kristos Tod, hatte man gerätselt, wo seine fehlenden Aufzeichnungen sein könnten, ohne irgendeinen Hinweis darauf zu haben. Kristo, der keinem Menschen vertraut hatte, war dafür bekannt gewesen, daß er jeden einzelnen Beweis, den er gefunden hatte, streng für sich behielt.

»Ja, ich habe Glück gehabt.«

Ihr gefiel seine Zurückhaltung. Sie konnte sich nicht vorstellen, daß er so prahlerisch war wie der Mann, den sie geheiratet und mit dem sie so lange zusammengelebt hatte, eine akademische Niete, wenn es denn je eine gegeben hatte. Sie konnte sich nicht vorstellen, daß er log oder mit einem Mädchen auf dem Rücksitz einer Limousine erwischt würde. Sein Haar würde ergrauen, wenn er älter wäre – und das würde ihm gut stehen.

»Dafür werde ich dich immer verachten«, sagte seine Schwester, nachdem mehrere Monate vergangen waren.

Sie stand einfach da, eine Frau, die Francine nie zuvor gesehen hatte, eine Frau, die eine Reise von dreitausend Meilen unternommen hatte, um das zu sagen. Tom *brauche* Celeste Adele, ihre Ehe sei völlig zufriedenstellend. Tom und Celeste seien zwar gegensätzlich, aber oft zögen Gegensätze sich an, und in diesem Fall treffe das zu.

»Du hast dich dazwischengedrängt«, beschuldigte seine Schwester sie verbittert. »Du nimmst dir, was du kriegen kannst. Du denkst nur an dich.«

Dann flossen Tränen, aber es waren nicht die von Francine. Sie liefen der anderen Frau ungehemmt über die Wangen. Francine versuchte nicht zu widersprechen.

»Sie hat so viel für dich getan«, flehte Toms Schwester ihren Bruder an. »Du konntest ihr keine Kinder geben. Du hast ihre besten Jahre aufgebraucht. Bitte, Tom, du darfst dich nicht abwenden und ihr sagen, daß sie dir egal ist.«

Er schüttelte den Kopf. Das habe er nicht zu Adele gesagt.

»Das, was du tust, sagt ihr das.«

Sie flehte ihn an, während Francine daneben stand und zuhörte. Das sei nie seine Art gewesen, sagte seine Schwester und wiederholte es dann noch einmal. Früher habe er immer ein Herz gehabt.

»Es ist am besten so«, murmelte er leise.

Sie widersprach, doch sie hatte die Hoffnung jetzt aufgegeben. Noch mehr Tränen flossen, aber dann beruhigte sie sich. Sie putzte sich die Nase und wischte sich die Wangen ab. Francine dachte, daß sie sich, wenn sie sich all diesen Unsinn von der Seele geredet hätte, in das Unvermeidliche fügen und begreifen würde, daß sie zu weit gegangen war, und das auch zugeben würde. Die Gelegenheit, sich zu entschuldigen, irgend etwas zu murmeln, um unnötigen Schaden abzuwenden, war da. Aber es kam keine Entschuldigung.

»Du mieses Stück«, fauchte seine Schwester wie eine Katze. Dann ging sie.

13

Der alte Mann rekelte sich auf dem Stuhl mit den Sprossen in der Rückenlehne, Aimée saß auf einem der Hocker mit Pfauenmuster. Da ich oben von der Treppe hinunterblickte, konnte ich nicht verstehen, was er murmelte, aber ich merkte, daß sie sich über seine Zärtlichkeit freute.

»Ich würde England sehr gern kennenlernen.« Nur einen Augenblick lang drang Aimées Stimme an mein Ohr, dann murmelte wieder der alte Mann.

»Der letzte Tag.« Otmar war leise zu mir getreten und blickte ebenfalls hinunter. Durch den Schleier meiner Tränen wirkte er noch düsterer als in letzter Zeit: Als er sprach, wandte er mir ein Gesicht zu, dessen Ausdruck ich nur als niedergeschmettert bezeichnen kann, so als würde ihm durch die Aussicht auf die Abreise des Kindes alles genommen. Keiner senkte den Blick, und wir starrten einander mit weit aufgerissenen Augen an, und der Traum, den ich über ihn gehabt hatte, nahm wieder lebhafte Konturen an. Einen Augenblick lang erschien er mir wie ein Strahl der Wahrheit, der, ausgesandt, um die Geschichte jenes Sommers zu vollenden, alles erhellte. Ich sah die zerbrochenen Streichhölzer, ein paar lange, ein paar kurze. Ich sah, wie die Wahl getroffen wurde. »Otmar ist der Auserwählte«, sagte die gelassene Stimme, und ich muß geschwankt haben, denn er streckte die Hand aus, um mich zu stützen.

An jenem Abend schwiegen wir während des Abendessens. Aimées Kleider, die alle gekauft worden waren, während sie im Krankenhaus lag, waren schon in der Tasche verstaut, die Mr. Riversmith extra aus Amerika mitgebracht hatte und die zu dem schwarzen Mandarina-Duck-Gepäck paßte, das Francine für ihn ausgewählt hatte.

Der General machte kaum den Mund auf; Otmar ebensowenig; und ich eigentlich auch nicht. Mr. Riversmith muß das erholsam gefunden haben. Er machte die eine oder andere Bemerkung und ging danach allein spazieren. Ich rief mir ständig in Erinnerung, daß er sich, wenn wir ihn darum gebeten hätten, wortgewandt über den Verdauungstrakt der von ihm erwählten Kreaturen ausgelassen hätte: Für ein Verständnis der menschlichen Natur war dabei kein Platz. Soweit ich wußte, dachte er im stillen, daß man Menschen, die bei einem Anschlag zu Schaden gekommen waren, am besten vergaß, sie, genau wie das kaputte Metall und das blutbefleckte Glas, auf eine Müllhalde kippte.

Ich achtete auf seine Rückkehr und überlegte, ob ich zu ihm gehen und ihm eine gute Nacht wünschen sollte, als ich ihn durch die Diele gehen hörte, aber ich fühlte mich dem nicht ganz gewachsen. In der Küche goß ich kochendes Wasser über einen Teebeutel und ließ eine Zitronenscheibe in das Glas fallen. Ich fischte den Teebeutel sofort heraus, als sich die Farbe des Wassers veränderte. Ich gab etwas Grappa hinzu, wie immer, wenn ich so spät noch Tee trinke, denn pur getrunken hält er mich wach. Ich trug das Glas auf die Terrasse hinaus. Der Himmel war klar und voller Sterne. Ich konnte das Sirren der Stechmücken hören, aber die Glühwürmchen waren alle verschwunden. Es war so warm wie tagsüber.

»Madeleine.« Otmars Stimme hallte und wiederholte

den Namen des Mädchens, sonst nichts. Während ich an meinem Tee nippte, hörte ich auch, wie Miss Alzapiedis Stimme uns davon erzählte, wie man der Tochter der Syrophönizierin den Teufel ausgetrieben hatte. Wenn etwas Böses wiedergutgemacht wurde, dann war es so, als hätte es das Böse nie gegeben. Das größte aller Wunder, sagte Miss Alzapiedi.

In der Küche schüttete ich den Rest meines Tees weg. Ich stellte zwei Gläser und die Flasche Grappa auf ein Tablett. Ich trug den Morgenrock aus indischer Seide in verschiedenen Orangetönen und dazu passende Hausschuhe mit Goldstickerei. Ich ging kurz in mein Zimmer, schminkte mir Lippen und Augen und legte etwas Puder und Eau de Cologne auf. Ich fuhr mir mit einem Kamm durchs Haar.

Als ich leise an seine Tür klopfte, kam keine Antwort. Ich hatte gehofft, daß er vielleicht noch wach war und nachdachte, aber das war eindeutig nicht der Fall. Ich stieß die Tür auf und stand einen Augenblick lang vor dem schummrigen Flurlicht im Türrahmen, bevor ich auf seinen Nachttisch zuging. Ich stellte das Tablett ab und schaltete das Licht an. Das Notizheft und das Buch mit dem grauen Umschlag waren noch nicht eingepackt. Ich durchquerte das Zimmer noch einmal, um die Tür zu schließen.

»Früher habe ich einmal Schuhe verkauft, Tom.« Ich sagte das zu mir, obwohl ich seinen Namen aussprach und sein schlafendes Gesicht mit glasigem Blick ansah. Ich stand an die Tür gelehnt und wollte nicht sofort näher bei ihm sein oder ihn wecken. Ich sah immer noch die Füße der Frauen in Strümpfen vor mir, die alten, ausrangierten

Schuhe, während ich mich hinkniete und den Frauen alles anpaßte, was sie wollten. Heiß wie Backöfen, strömten die Füße Schweißgeruch aus. »Vom vielen Laufen geschwollen. Völlig aufgedunsen.« Sie kauften immer Schuhe, die zu klein waren. »Die schmaleren passen. Lassen Sie uns ruhig die schmaleren nehmen.« Sie starrten auf die Haut, die über die Riemchen lappte, und auf die schicken kleinen Schnallen hinunter. »Ja, ich würde sagen, die passen.«

Leise ging ich an sein Bett. Sein Mund war leicht verzogen, so als wäre er innerlich verzweifelt, aber ich wußte, daß das nicht der Grund war. Im Schlaf war seine Stirn nicht in Falten gelegt, seine geschlossenen Augen waren ruhig. Er hatte im Schlaf den Mund weit geöffnet.

»Mr. Riversmith«, flüsterte ich. »Mr. Riversmith.«

Er bewegte sich, wenn auch nur leicht, und veränderte die Lage eines Arms oder Beins unter dem Laken, das ihn bedeckte. Ich wandte mich ab, da ich das Gefühl hatte, ich sollte ihm nicht zu nahe sein, wenn er erwachte, damit er nicht erschrak. Ich setzte mich auf den einzigen Stuhl im Zimmer, der, von den Schatten halb verdeckt, in einer Ecke stand.

Wieder wurden meine Gedanken von Bildern aus der Vergangenheit unterbrochen. Im Speiseraum der Gaststätte riefen einem die Büroangestellten barsch ihre Bestellungen zu. Im Café Rose schlug ich einen alten Lederband auf und versank in einer anderen Welt: *Only reapers, reaping early, in among the bearded barley, hear a song that echoes cheerly ...* »Zweimal Hackfleischauflauf mit Fritten. Einmal Fleischpudding. Einmal Scholle mit Erbsen.« Man mußte die Bestellungen wiederholen, so daß die Büroangestellten es hören konnten; man mußte ihre Aufmerksamkeit erregen, sonst brachte man den falschen Teller, und dann machten sie höhnische Bemerkungen und fragten, wie lange man das schon mache. »Hübsche Nylonstrümpfe.« Schnell wie der Blitz fingerten die Büroangestellten an einem herum. Auf der S.S. *Hamburg* war ich verliebt.

»Oh«, sagte Mr. Riversmith.

»Es ist alles in Ordnung, Mr. Riversmith.«

Er stemmte sich hoch und stützte sich auf einen Ellbogen. Er blickte direkt auf die Grappaflasche. Er wußte nicht genau, was los war. Meine Stimme hätte noch dem Schlaf angehören können, aus dem er erwacht war. Im Schatten sah er mich nicht.

»Alles in Ordnung, Mr. Riversmith.«

Ich erinnerte mich daran, wie ich damals immer wieder in der Hitze Afrikas gelegen und auf irgendeinen Mann gewartet hatte, der gerade Geld hatte. Danach machte ich unten Kaffee und kochte etwas. Die Männer spielten Karten, ich rauchte und trank eine Limonade. Leute, die nicht existierten – nicht die Leute aus den Büchern, die ich entdeckt hatte, sondern welche, die ich mir selbst ausdachte –, schoben sich dazwischen: Wie ich schon gesagt habe, ich hätte kein Wort zu Papier gebracht, wenn ich die Hölle, die das Café Rose darstellte, nicht gekannt hätte.

»Wie spät ist es?«

»Drei, glaube ich.«

»Ist irgendwas...«

»Nein, alles in Ordnung.«

Ich stand auf, lächelte ihn an und beruhigte ihn weiter. Ich goß etwas Grappa ein, für ihn und für mich. Ich bot ihm ein Glas an.

»Hören Sie, ich glaube nicht, daß ich jetzt etwas trinken kann.«

»Morgen sind Sie nicht mehr da. Trinken Sie nur einen Schluck.«

Ich kehrte zu dem Stuhl in der Ecke zurück. Morgen würden sie beide nicht mehr da sein.

»Ich habe fest geschlafen«, sagte er, so wie Leute es tun, die geweckt werden.

»Ich wollte Ihnen sagen, daß es mir leid tut.«

»Daß es Ihnen leid tut?«

»Wegen heute morgen.«

»Das spielt doch keine Rolle.«

»Es spielt für mich eine Rolle, Mr. Riversmith.«

Selbst jetzt war er noch nicht völlig wach. In dem Versuch, seine Schläfrigkeit abzuschütteln, machte er die Augen fest zu und schlug sie wieder auf. Er seufzte, zweifellos ein weiterer Versuch, den verbleibenden Schlaf zu bekämpfen.

»Ich habe selber beinahe geträumt«, gestand ich, »obwohl niemand wacher sein könnte.«

Er hatte noch keinen Schluck von seinem Grappa getrunken. Ich dachte, daß die Hand, in der er das Glas hielt, vielleicht gezittert hatte, weil er nicht richtig wach war; ich war mir nicht sicher.

»Phyl mochte Francine nicht, und Francine soll Aimées Ersatzmutter sein. Das ist alles, was ich sage, Tom.«

Er hatte das Glas immer noch nicht an die Lippen geführt.

»Sie können Francine keinen Vorwurf dafür machen, daß sie Phyl nicht leiden konnte, Tom. Wenn jemand Sie nicht leiden kann, können Sie ihn auch nicht leiden. Es würde die Nächstenliebe jeder Frau überfordern, anders zu handeln.«

»Meine Schwester ist tot. Ich würde lieber nicht darüber sprechen.«

»Ich war dabei, als sie zu Tode kam, Tom«, erinnerte ich ihn behutsam.

»Meine Frau und ich werden uns um das Kind meiner Schwester kümmern. Jeder andere Vorschlag ist absurd.«

»Ich weiß, Tom, ich weiß. Sie werden Aimée nach Pennsylvania mitnehmen, und Francine wird sich Mühe geben – ein Extrastück Zitronenbaisertorte, noch einen Schokoladenkeks. Und wenn es vertrackt wird, werden Sie sagen, laßt uns ins Kino gehen oder laßt uns nach Colorado fahren und die Rockies ansehen. Sie werden Aimée ein Kätzchen kaufen; Sie werden Ausflüchte gebrauchen für ihre schlechten Noten an der High-School; Sie werden sagen, wie hübsch sie sei. Aber unter all dem schwelt Francines Groll. Francine ist eifersüchtig auf die Aufmerksamkeit, mit der Sie das Kind Ihrer Schwester wegen allem, was vorgefallen ist, überhäufen müssen. Francine versucht alles, aber Ihre Schwester hat nun einmal so mit ihr geredet. Warum sollte sie jetzt daran erinnert werden, Tag für Tag?«

Zum zweiten Mal erlebte ich ihn zornig. Verärgert sagte er, ich wisse nicht das geringste über die Frau, mit der er verheiratet sei, und nur sehr wenig über ihn. Wie sei es möglich, daß ich Aimées Noten an der High-School vorhersagte?

Ich hörte zu. Ich hatte das Gefühl, ihm gegenüber nachsichtig sein zu müssen, beinahe fürsorglich; er hatte nicht viel erlebt, er kannte sich nicht gut aus; er verstand nicht, daß eine Frau eine andere genau einschätzen kann. Im Café Rose hatten die Männer beharrlich behauptet, daß ich die Frauen, von denen sie mir erzählten, anscheinend nur zu gut kannte. »Was muß ich tun?« fragte der Elfenbeinschnitzer. »Emily, sag mir, wie ich sie kriegen kann.« Aber als ich offen mit ihm sprach und ihm erklärte, daß jede Frau es kommen sehen könne, daß er wegen seiner Gewalttätigkeit im Gefängnis landen würde, wurde er übellaunig und verdrießlich.

»Mir hat gefallen, wie Phyl ausgesehen hat, Tom.«

»Was Ihnen an meiner Schwester gefallen hat oder nicht, ist völlig unerheblich.«

»Es ist nur eine Beobachtung. Ich habe bloß gedacht, Sie würden es gern wissen.«

»Sie haben meine Schwester in einem Zug gesehen. Sie haben sie überhaupt nicht gekannt. Und doch reden Sie so, als hätten Sie sie gut gekannt.«

Erneut hielt ich inne, bevor ich etwas erwiderte. Dann erzählte ich ihm von der Begegnung in dem Supermarkt, von den Senfgläsern, die umgefallen waren, als Madeleine nach den Kräutern gegriffen hatte, von der ersten Tasse Kaffee, die sie mit Otmar getrunken hatte. Ich beobachtete sein Gesicht, während ich sprach; ich beobachtete seine Augen und war darauf vorbereitet, das, was ich sagte, zu wiederholen, wenn sie sich auch nur einen Augenblick lang schlossen.

»Von Otmar ist jetzt nichts mehr übrig. Kein Wille, keine Begeisterung. Otmar ist erledigt. Das ist der Grund, warum er hierbleibt.«

»Ich muß Sie bitten, mich jetzt allein zu lassen.«

»Der alte Mann ist ebenfalls erledigt.«

»Mrs. Delahunty, ich weiß, daß Sie ein traumatisches Erlebnis hatten...«

»Es ist nicht nett, mich Mrs. Delahunty zu nennen, Tom. Ich heiße nicht einmal so.«

Seine dunklen Brauen zogen sich zusammen. Die Stirn legte sich in Falten. Er befeuchtete sich die Lippen mit der Zunge, um, wie ich dachte, etwas zu sagen. Aber er sagte nichts.

»Wollen Sie es nicht drauf ankommen lassen, Tom? Daß eine Frau wie ich etwas voraussehen kann?«

»Der Umstand, daß das Kind meiner Schwester nach der Tragödie einige Zeit in Ihrem Haus verbracht hat, gibt Ihnen nicht das Recht, mich zu belästigen. Ich bin dankbar. Meine Frau ist dankbar. Das Kind ist dankbar. Darf ich Sie davon unterrichten, Mrs. Delahunty? Und darf ich jetzt bitte weiterschlafen?«

Ich kam aus dem Schatten und stand über ihm, mein wieder aufgefülltes Glas in der Hand. Ich sprach langsam und mit eindringlicher Klarheit. Ich sagte, ich könne nicht glauben, daß er, ein Mann von Ordnung und Genauigkeit, ein ehrgeiziger Mann, hartnäckig bei seiner Suche nach geistiger Wahrheit, wenn es um Insekten gehe, sich weigere, die Wahrheit zu akzeptieren, die um ihn herum entstanden sei.

»Ich weiß nicht, wovon Sie reden, Mrs. Delahunty.«

»Es macht Ihnen angst, genau wie mir. Wochenlang glich der deutsche Junge einem Schluck Wasser. Der General hätte sich am liebsten eine Kugel durch den Kopf gejagt. Das Kind versteckte sich. Wissen Sie, es ist mehr geschehen als ein Besuch beim Zahnarzt.«

»Warum quälen Sie mich so?«

»Weil Sie nicht aufrichtig sind«, fuhr ich ihn an. Das hatte ich nicht gewollt, und ich entschuldigte mich, sobald ich es gesagt hatte. Aber er blieb gereizt.

»Seit meiner Ankunft haben Sie mich gequält. Sie reden mit mir auf eine Art, die ich einfach nicht verstehe. Das habe ich Ihnen gesagt, doch Sie lassen nicht locker.«

»Eines Tages wird das Kind von dem Streit und dem, was gesagt wurde, erfahren. Eines Tages wird sie Francine dafür die Augen auskratzen.«

Er machte irgendeinen Einwand. Ich beugte mich hinunter, näher zu ihm heran, und betonte, daß das kein Themawechsel sei, obwohl es vielleicht so aussehe. Ich schilderte die Szene aus Otmars Kindheit: das Fett, das an der Schweinebrust hart wurde, die bronzenen Reiter auf dem Kaminsims. Ich erzählte ihm, wie Otmars Vater abgeführt worden war und wie Otmar und seine Mutter dem dumpfen Ticken der Uhr gelauscht hatten. Ich schilderte, wie die Kinder der Väter Jahre später dafür sorgen mußten, daß das Rad sich weiterdreht, und wie Otmar das kürzeste Streichholz zog.

»Wovon reden Sie da bloß?«

Das, was ich gesagt hatte, hatte ihn dazu gebracht, sich aufzusetzen. Sein Haar war etwas zerzaust. Ich sagte ihm, er solle nicht dumm sein und einen kleinen Grappa trinken, weil er ihn vielleicht gebrauchen könnte. Aber er schenkte mir keine Beachtung. »Worum geht es hier überhaupt?« fragte er unbeirrt.

»Ich rede von dem, was passiert ist«, sagte ich. »Ich rede von Leuten, die in einen Zug gestiegen sind, von dem, was als nächstes passiert ist, und davon, daß Quinty drei Opfer einer Tragödie aufgenommen hat, weil sie günstigerweise da waren, weil Quinty bei jeder Gelegenheit darauf aus ist, Profit zu machen.«

»Sie spielen auf den Deutschen an.«

Ich goß mir noch einen Drink ein. Ich zündete eine Zigarette an. Bevor ich antworten konnte, hatte er schon wieder das Wort ergriffen.

»Wollen Sie andeuten, daß der Deutsche etwas mit dem zu tun hatte, was im Zug passiert ist? Hat er Ihnen gegenüber eine Art Geständnis abgelegt? Wollen Sie das sagen?«

»Tom, wie können wir die Gefühle und Gedanken eines Mörders kennen, wenn er inmitten seiner Opfer erwacht? Wie können wir wissen, ob seine Angst und seine Gewissensqual größer ist, wenn er hilflos unter Hilflosen liegt? Selbst wenn mein Haus für Otmar eine Zufluchtsstätte ist, so ist es doch auch seine Folterbank. Jeden Tag, jede Stunde können die *Carabinieri* aus ihrem Wagen steigen und ihre Zigaretten unbekümmert auf den Kies fallen lassen. Jeden Tag, jede Stunde können sie ihn in meinem Garten suchen. Hat er sich diese Qualen ausgesucht, Tom? Auch das werden wir vielleicht nie erfahren.«

Er hörte mir jetzt zu. Zum ersten Mal seit seiner Ankunft in meinem Haus hatte er begonnen, mir zuzuhören. Als ich innehielt, sagte er:

»Was genau wollen Sie sagen?«

»Ich würde mich sehr freuen, wenn Sie einen kleinen Grappa trinken würden, Tom.«

»Ich will keinen Grappa. Warum drängen Sie mir ständig einen Drink auf? Zu jeder Tages- und Nachtzeit scheinen Sie zu denken, daß ich einen Drink brauche. Sie erheben schreckliche Beschuldigungen...«

»Ich sage nur, daß es so sein könnte. Tom, niemand außer den Tätern kann etwas Genaues wissen – das wissen wir beide. Niemand außer ihnen kann uns sagen, ob wir recht haben, wenn wir vermuten, daß es ein Verbrechen war, das sich in einen Unfall verwandelte.«

»Haben Sie Gründe dafür, so etwas über den Deutschen zu behaupten, oder nicht?«

Ich hielt inne. Ich wollte, daß er sich beruhigte. Ich sagte:

»Ich hatte einen Traum, und als ich das nächste Mal in die feuchten Augen hinter seinen Brillengläsern geschaut habe, war dort alles zu sehen. Er hat die Nerven verloren. Oder er hat sich im allerletzten Moment – vielleicht am Bahnhof von Orvieto – in sie verliebt. Vor Glück und Erleichterung hat er in Carrozza 219 ihren Arm gestreichelt, vielleicht sogar ein Dankgebet vor sich hin geflüstert. Dann kam die Ironie des Schicksals: Der Unfall ereignete sich.«

»Ein *Traum*?«

Ich erklärte, daß es Beweise dafür gebe, überall um uns herum, wozu jeder einzelne von uns fähig sei: zum Beispiel, daß jemand ein kleines Mädchen kaufte, damit später ein Mann seine niedrigen Begierden befriedigen konnte. Ein Mann, der ein Haustier mit Liebe überhäufte, konnte seine abscheulichen Pläne schmieden, während ein Säugling noch an der Flasche nuckelte. Quinty ließ bleibende Narben im Leben eines jungen Mädchens zurück. Im Café Rose hatte ich vor Ekel das Gefühl, bei lebendigem Leib zu verfaulen.

»Der alte Mann wünschte sich sehnsüchtig, daß die Ehe seiner Tochter unglücklich ist. Sie haben Ihre junge Schwester zugunsten einer beutegierigen Frau zurückgewiesen. Wenn Otmar schuldig ist, dann liegt für ihn die Erlösung in der Vergebung eines Kindes, und Aimées Weg zu sich selbst führt darüber, daß sie sie ihm gewährt. Wenn Otmar schuldig ist, ist das Wunder vielleicht genauso unfaßbar wie das, daß der Soldat sein Essen weggeschenkt hat.« Mir war vor einer Ewigkeit aufgefallen, daß an Madeleines Reise etwas seltsam war. »Die Flüge von Rom sind ausgebucht«: Er hatte bestimmt gelogen.

»Sie sind betrunken, Mrs. Delahunty. Während der ganzen Zeit, die ich in Ihrem Haus war, waren Sie betrunken. Sie wecken mich um drei Uhr morgens mit Ihrem wirren Gefasel über Hinrichtungen und Vergeltung und erwarten, daß ich ohne meine Nichte nach Pennsylvania zurückfliege, bloß weil Sie einen Traum gehabt haben. Es ist ungeheuerlich vorzuschlagen, daß meine Nichte einen Jungen liebgewinnen soll, von dem Sie behaupten, daß er ihre Familie umgebracht haben könnte. Es ist grotesk, sich all das auszudenken, bloß um die Fakten zu entstellen.«

Genauso redete er weiter. Er sagte, es sei unvorstellbar, daß man sich auf die von mir geschilderte Weise an ein unschuldiges Mädchen herangemacht habe. Es sei unvorstellbar, daß ein völlig Fremder sie dazu gebracht haben sollte, sich so sehr zu verlieben, daß sie eine Beziehung eingegangen seien, die von ihm aus völlig unaufrichtig gewesen sei. Man hätte ihr keine Brandbombe ins Gepäck legen können, ohne daß sie davon gewußt hätte. So eine Bombe wäre am Flughafen Linata nicht unentdeckt geblieben. Vermutlich könnte man einen terroristischen Anschlag nicht so ungeschickt planen. Und Terroristen überlegten es sich grundsätzlich nicht anders.

»Bitte lassen Sie mich schlafen«, sagte er.

Da war all meine Freundlichkeit wie weggeblasen, und ich schrie ihn wütend an, ohne mich darum zu kümmern, ob ich das ganze Haus weckte. Ich spürte, daß ich errötete und eine Hitzewallung bekam, die am Hals begann und sich langsam im Gesicht ausbreitete.

»Sie sind jemand, der immerzu schläft«, fuhr ich ihn an. »Sie schlafen sich noch einmal bis ins Grab, Mr. Riversmith.«

Ich stürzte den Rest meines Drinks herunter und goß mir noch etwas ein. Sein Glas stand immer noch da, wo er es auf dem Nachttisch abgestellt hatte. Ich nahm es und drückte es ihm in die Hand. Ein bißchen Flüssigkeit schwappte auf seinen Schlafanzug. Das war mir egal.

»Die Hölle ist ein Ort, an dem Männer wie Sie aufwachen, Mr. Riversmith, mit Flammen, die um ihre nackten Beine züngeln.«

Er sagte nichts. Er hatte, wie andere Männer vor ihm, Angst vor meinem Zorn. Ich beruhigte mich und wischte ihm die verschüttete Flüssigkeit vom Schlafanzug.

»Sie sind völlig betrunken«, sagte er.

Es ist immer leicht zu behaupten, jemand sei betrunken. Das macht es Männern leicht, sich von jemandem abzukehren. Während ich auf ihn in seinem Bett hinunterblickte, wurde ich an die Mädchen vom Straßenstrich um 1950 erinnert, ich weiß nicht, warum. Es nieselte, während sie sich in Hauseingängen unterstellten, ihre Gesichter gelb von den Scheinwerfern der Autos. Ich erwähnte sie nicht, weil ich nicht glaubte, daß es von Bedeutung war. Statt dessen betete ich, daß er doch noch verstehen würde. »Bitte, lieber Gott«, sagte ich in Gedanken.

Ich setzte mich auf die Bettkante und beugte mich über

ihn, entschlossen, ihm das Bild, das ich gemalt hatte, vor Augen zu führen: die abendlichen Glühwürmchen, die gerade jenseits der Terrasse auftauchten, der General im Leinenanzug, Otmar inmitten der Sträucher im Garten, die lächelnde Aimée. Überlebende gehörten zusammen, egal wie absonderlich das erschien. Das normale Leben war für sie zu Ende: Warum sollte Aimée das schmerzliche Schicksal, das ihr widerfahren war, nicht liebgewinnen und verstehen lernen? Warum sollte sie das nicht?

»Kommen Sie mir nicht näher«, warnte er mich unfreundlich. »Ich habe Sie nie zu so etwas ermutigt.«

Mein indischer Morgenrock hatte sich ungewollt geöffnet. Hastig wandte er den Blick ab. Ich betete, daß der Schimmer eines Lichts in seine ausdruckslosen Augen träte, aber während ich mit meinem Blick darum bat, blieb seiner unverändert. Ich sagte:

»Unter den wenigen Habseligkeiten, die Otmar nach dem Vorfall geblieben sind, habe ich ein Foto von seiner Mutter entdeckt.«

Auf die Rückseite war eine Zeitungsmeldung geklebt, die von ihrem Tod berichtete. Wenn das Bettgeflüster des österreichischen Elfenbeinschnitzers nicht immer auf deutsch gewesen wäre, hätte ich kein Wort davon verstanden. Aber ich buchstabierte sie durch und erfuhr zu meinem Erstaunen, daß Otmars Mutter sich an der Deckenlampe erhängt hatte, genau wie in meinem Traum.

Aber als ich ihm das erzählte, zeigte Mr. Riversmith nicht das geringste Erstaunen. Er starrte mich verständnislos an, obwohl ich das, was ich gesagt hatte, zweimal wiederholte, um sicherzugehen, daß er die zeitliche Reihenfolge klar verstanden hatte. Ich schilderte die Szene und sprach dabei langsam und deutlich: daß ich mit dem Foto in der rechten Hand vor Otmars letzten paar Habseligkeiten gestanden, daß ich fast zehn Minuten gebraucht hätte, um den deutschen Text zu verstehen, daß ich fünfzehn Minuten später den *Salotto* betreten und Otmar und das Kind dabei angetroffen hätte, wie sie ihr Spiel mit den Papierfetzen spielten. Den Traum hätte ich einen Monat zuvor gehabt, sagte ich.

Thomas Riversmiths Blick änderte sich nicht. Ich sagte nichts mehr.

Wenn jemand eine Kamera gehabt hätte, gäbe es ein Foto davon, wie der General die Hand ausstreckt und Mr. Riversmith im Begriff ist, sie zu schütteln. Es gäbe ein Bild von Signora Bardini, wie sie noch die Sandwiches hält, die sie ihnen für die Reise gemacht hat, von Rosa Crevelli, wie sie irgendwas zu Quinty sagt, und von Aimée, wie sie Otmar zulächelt. Auch von mir gäbe es eins, in hellem, weiten Kleid und mit Sonnenbrille, wie ich immer noch da stehe, wo Mr. Riversmith sich von mir abgewandt hatte, als ich versucht hatte, mich von ihm zu verabschieden.

Ich wünschte, jemand hätte ein Foto gemacht, weil einen Augenblick lang alles paßte und alle da waren. Zehn Gestalten standen auf dem Kies vor meinem Haus, auf jeder der Schatten von jemand anderem, obwohl die Kamera diese Feinheit nicht eingefangen hätte. Francine war da, Celeste Adele und Phyl, ihr Mann und Aimées Bruder. Die Tochter des Generals, sein Schwiegersohn und seine Frau waren da, Madeleine und das Mädchen, das Quinty betrogen hatte. Alle Arten von Leuten waren dort bei mir.

»Mr. Riversmith.« Quinty winkte, und Mr. Riversmith

ging zum Wagen. Aimée hatte die Henne dabei, die mein Geschenk an sie war.

Der Staub, der von den Rädern des Wagens aufgewirbelt wurde, legte sich und stieg wieder auf, als die Maschinen kamen, mit denen der Garten angelegt werden sollte. Ich sah zu, wie sie eintrafen, und sah zu, wie die Erde in Vorbereitung auf die Pflanzarbeiten im Herbst umgepflügt wurde. An jenem Morgen kamen auch Briefe von Fremden. *Ich dachte schon, Oberon würde sie niemals fragen. Was für ein erfreuliches Ergebnis doch am Ende stand!* Mrs. Edith Lumm aus Basingstoke schrieb, daß sie und ihr Mann, als sie bei der Schwester ihres Mannes in Shropshire gewesen seien, Mara Hall besucht hätten, obwohl es nicht mehr so heiße. Ihr Mann und seine Schwester hätten die Meinung, es handle sich um das Haus, das in meiner Geschichte vorkomme, verächtlich abgetan, aber sie sei sich wegen der Einzelheiten, die ihr aufgefallen seien, sicher, zum Beispiel der Irrgarten. Es heiße jetzt Trimleigh Castle und sei ein Hotel.

Dieser Tag fand einfach statt, die Zeit verstrich wie gewöhnlich. Es bedurfte keiner großen Anstrengung, sich vorzustellen, daß Quinty im Wagen schwätzte, während Mr. Riversmith über die Stichhaltigkeit einer Regelstruktur nachdachte und sich sagte, daß Pilsfer sich auch da vertan hatte. Im Flugzeug schlief das Kind, und er kritzelte ein paar Anmerkungen in das blaue Notizheft, schrieb wichtige Gedanken auf: Die hierarchischen Strukturen waren mit ziemlicher Sicherheit der entscheidende Faktor.

Meine Freundin fragt sich, ob Derek je wieder aufgetaucht ist und wie es Rose in ihrem späteren Leben ergangen ist. Meine

Freundin – Miss Jaci Rakes – glaubt, daß die Liebe, die Rose für Rick empfindet, vielleicht nicht von Dauer ist. Den ganzen Nachmittag hindurch ratterten und rasselten die Maschinen, hoben Erde und Steine aus und legten in Umrissen Wege und Blumenbeete an. Niemand sagte, etwas sei nicht in Ordnung, weil das Kind nicht mehr da war, Otmar jedenfalls nicht, und auch nicht der alte Mann.

Zeit wurde gewonnen, während sie verstrich, Stunden, die Aimées Leben hinzugefügt wurden. An jenem Abend in Virginsville fühlte sich die ungepflegte Haut von Francines Wange bei Aimées erster Umarmung rauh an. »Wie wär's mit Rühreiern?« schlug Francine vor, als sie im Regen zu ihrem Haus fuhren. »Hast du Lust, mir bei den Rühreiern zu helfen, Aimée, das erste, was du in deinem neuen Zuhause tust?« Das Kind schwieg und starrte den Regen auf der Windschutzscheibe und die Scheibenwischer an, die sich hin und her bewegten.

»Hätten Sie gern noch etwas?« fragte Quinty, als er, ohne zu klopfen, in mein Arbeitszimmer kam, denn er klopft nie. Schon im Café Rose tat er das nie, und er behielt diese Angewohnheit bei.

»Nein, ich brauche nichts, Quinty.«

Er wechselte den Aschenbecher aus. Er stellte unseren kleinen Eiskübel auf den Schreibtisch, mit einer Zitrone, die er in Scheiben geschnitten hatte. Er ließ mir ein frisches Glas da.

»Ich brauche nichts«, sagte ich erneut.

In Pennsylvania wurde es dunkel. Die Riversmiths lagen unter einem Laken, sein Schlafanzug war weggepackt, und auch Francines schlanker Körper war nackt. Die Kraft des einen strahlte auf den anderen aus, jetzt, da sie wieder zusammen waren. Dieses Kind war total verrückt, aber irgendwie würden sie damit fertigwerden. Es würde ihnen schon etwas einfallen, da sie sich alle beide von Berufs wegen viele Gedanken machen mußten.

14

Inzwischen gehört jener Sommer zu den Schatten der Vergangenheit.

Ich sehe mir die Videos von alten Western an, und habe im *Salotto* die Fensterläden gegen das Nachmittagslicht zugeklappt. Ich rauche und nippe kurz an dem Tonic water, das mit einer Spur Alkohol belebt ist. Die Pferde der Postkutsche wiehern und bäumen sich auf, als sie mit einem Ruck zum Stehen gebracht werden. Maskierte fuchteln mit ihren Revolvern und zeigen, wie die Fahrgäste ihre Wertsachen übergeben sollen. Einer der Männer ist nervös, was die Sache noch verschlimmert. Er spuckt seinen Kautabak aus. Weit entfernt und ohne etwas davon zu wissen, legt der Sheriff die Füße hoch.

Der alte Mann ist gestorben.

Zwei Jahre später, als Dr. Innocenti im Herbst zum letzten Mal in mein Haus kam, war es nur, um uns mitzuteilen, daß man in Virginsville beschlossen habe, daß das Kind ein Anrecht darauf habe, von Fachleuten versorgt zu werden. Es sei zu seinem Besten, wenn sich Leute um das Mädchen kümmerten, die dazu ausgebildet seien, in einem Heim, wo noch andere derartige Fälle waren.

Eines Tages blickte ich in den Garten hinunter und sah, daß Otmar verschwunden war, in welches Vergessen auch immer.

Außer um über jenen Sommer zu schreiben, habe ich mich seitdem nie mehr an meine schwarze Olympia gesetzt und werde es auch nie wieder tun. Ich habe nicht viel gelernt, nur, daß Liebe unter Überlebenden etwas anderes ist. Die Karawane zog weiter, weil wir zögerten, aber das ist der Lauf der Dinge.

Die Touristen kommen jetzt wieder. Sie reden vom Lago Trasimeno und den Reizen der Städte in den Bergen, von den Cafés in der Sonne. Sie besuchen Siena und schreiben ihre Ansichtskarten, sie spielen ihre Bridgepartien. In meinem Haus bin ich diejenige, mit der Sie vertraut sind, so wie Sie mich jetzt sehen können. So wie es Frauen mit meiner beruflichen Vergangenheit öfters ergeht, haben die Schlafzimmergeschäfte dafür gesorgt, daß ich praktisch denke, und die Angst dafür, daß ich gefühlsselig bin. Das weiß ich alles, ich leugne es nicht. Ich mache mir nicht viel daraus, was für eine Frau ich bin, aber so ist das nun mal. Keiner von uns kann sich das aussuchen.

In meinem Garten sind die Sträucher verdorrt, weil Quintys Suche nach jemandem, der sich um sie kümmert, halbherzig ist, da er Geld sparen will, obwohl es sich um mein Geld handelt. Die Touristen schelten mich und werden mitunter wütend, wenn sie mir vorwurfsvoll die Krümel eines verwelkten Blütenblatts hinhalten, das sie zwischen Daumen und Zeigefinger zerrieben haben. Die Deutschen schütteln mißbilligend den Kopf, die Franzosen sagen, das sei typisch, die Engländer schließen den Schlauch an und besprengen die Azaleenkübel. Ich erkläre ihnen, daß auch all das den Lauf der Dinge spiegelt. Sie hören höflich zu, aber nachher runzeln sie die Stirn und murmeln irgend etwas.

Vielleicht werde ich alt, vielleicht auch nicht. Vielleicht passiert noch etwas anderes in meinem Leben, aber das bezweifle ich. Wenn die Saison vorbei ist, gehe ich selbst zwischen den Sträuchern hindurch und erfreue mich an den Farben, solange sie noch da sind, und an dem Brunnen, solange er noch fließt.

Irische Literatur bei Rotbuch

Patrick McCabe

Patrick McCabe

Der Schlächterbursche

240 Seiten
DM/sFr 38,-/öS 281,-
ISBN 3-88022-813-2

Patrick McCabe

Von Hochzeit, Tod und Leben des Schulmeisters Raphael Bell und wie dem Affengesicht Malachy Dudgeon die Liebe abhanden kommt

320 Seiten
DM/sFr 39,80/öS 295,-
ISBN 3-88022-499-4

William Trevor

William Trevor

Felicias Reise

270 Seiten
DM/sFr 39,80/öS 295,-
ISBN 3-88022-471-4

William Trevor

Mein Haus in Umbrien

210 Seiten
DM 36,-/sFr 33,-/öS 262,-
ISBN 3-88022-483-8

Dermot Bolger

Dermot Bolger

Journey Home

340 Seiten
DM/sFr 24,90/öS 184,-
ISBN 3-88022-395-5
Rotbuch TB 1027

Eoin McNamee

Eoin McNamee

Belfaster Auferstehung

ca. 280 Seiten
DM/sFr ca. 38,-/öS ca. 277,-
ISBN 3-88022-507-9

Donall Mac Amhlaigh

Donall Mac Amhlaigh

Das Alphabetagam

DM/sFr ca. 18,90/öS ca. 138,-
ISBN 3-88022-505-2
Rotbuch TB 1042

ROTBUCH *Verlag*

Tel 040/450194-0
Fax 040/450194-55